Vriendjes verboden

Vriendjes verboden

Dagmar Geisler

Vertaald door Merel Leene

Van Holkema & Warendorf

ISBN 978 90 475 1637 8

NUR 283

© 2010 Van Holkema & Warendorf

Uitgeverij Unieboek | Het Spectrum bv,

Postbus 97, 3990 DB Houten

© 2010 MEIDEN, Z-Press Junior Media bv

Oorspronkelijke titel: *Wer küsst schon unter Wasser?*

Oorspronkelijke uitgave: © 2006 Deutscher Taschenbuch

Verlag GmbH & Co. KG, München

www.unieboekspectrum.nl

www.zpress-magazines.nl

Tekst: Dagmar Geisler

Vertaling: Merel Leene

Omslagontwerp: Weijmans Studio

Omslagfoto: Shutterstock

Zetwerk binnenwerk: ZetSpiegel, Best

Georgie

Nu noemt ze zichzelf opeens Melanie. Melanie met een lange 'ee' en de 'ieieie' van 'ah, wat lié-iéiéf'. Terwijl we juist hadden afgesproken dat we die naam nooit zouden gebruiken. Juist omdat het zo lief klinkt en het precies bij de jurkjes past die Melles moeder altijd voor haar kocht toen we nog klein waren.

'Ik heet Melanie!' zei ze, toen bij ons op de zwem-vereniging twee nieuwe jongens opdoken, en ze schud-de haar haren op die manier die ik niet kan uitstaan. Dat is echt het enige van Melle wat ik niet kan uitstaan. We zijn vriendinnen. En dat zijn we al sinds juffrouw Müller-Roth ons in de eerste klas op de achterste rij zette. Eigenlijk was het bedoeld als straf. Tja. Pech dus.

Met Melle kan ik overal over praten. Vroeger wilden we samen de Amazone gaan onderzoeken, maar we zijn van gedachten veranderd: nu willen we liever zee-biologen worden op een eiland in de Atlantische Oce-aan. In elk geval hebben we gezworen (echt heel seri-eus, om middernacht bij volle maan en met bloed en zo) dat we voor altijd samen blijven en dat we nooit verliefd worden. Jongens zouden onze plannen alleen maar verstoren. Daar zijn we het helemaal over eens.

Nee, echt! Melle is oké en ik heb er nu zelfs wel een

beetje spijt van dat ik me daarnet bij de zwemclub zo idioot heb gedragen.

Melle

Of ik haar ga bellen? Liever niet! Anders denkt ze straks nog dat ik het haar alweer heb vergeven. En dat doe ik zo snel niet. Echt niet. Daarvoor was wat ze deed gewoon té pijnlijk.

We zitten in het zwembad op het randje. Georgie heeft net de honderd meter gezwommen in een waanzinnige tijd en ik ben echt trots op haar. Komen er opeens twee jongens de zwemhal in lopen. Helemaal aangekleed, maar op blote voeten. Ze wilden een keertje komen kijken, zeiden ze. Misschien wilden ze ook wel lid worden. Ze zagen er eigenlijk best aardig uit. De ene, Matthis heette hij geloof ik, was een stuk kleiner dan zijn vriend en deed me een beetje aan Frodo denken. Die uit de film. Die uit het boek had ik me altijd heel anders voorgesteld.

De andere heette Robbie. Dat was eerder zo'n type als Johnny Depp. Nou ja, bijna. Van die donkere krullen! En donkere ogen. En ook al een beetje bruin. Echt heel leuk eigenlijk.

Ik wil hem juist uitleggen hoe alles gaat bij onze

zwemvereniging, zeg: 'Ik heet Melanie…' en wil eigenlijk verdergaan met: '… en dit is mijn beste vriendin Georgie.'

Begint zij opeens een idiote show op te voeren. 'Melanie!' gilt ze met een onnatuurlijk hoge piepstem. 'Wat een gewééééldige naam! Waar heb je die vandaan? Hebben ze die bij H&M? Die hebben altijd zulke gewééééldige spullen!' En met een 'zóóó leuk' laat ze zich achterover in het water vallen.

Robbie en Matthis doen een stap opzij, maar worden toch zeiknat gespetterd. De twee kijken enigszins beteuterd en lopen dan naar Laura en Nicole toe. Uitgerekend die twee!

Georgie blijft een eeuwigheid onder water. Maar dat ken ik al. Daar hoef ik me echt geen zorgen over te maken. Georgie heeft de longen van een zeekoe.

Ik pak mijn handdoek en verdwijn in een kleedhokje. Voor vandaag is de training klaar. Ergens hoop ik nog dat Georgie me achterna komt. Ik kleed me aan en ga op weg naar huis. Eigen schuld.

Het is een raar gevoel. In de drie jaar dat we nu op de zwemclub zitten, ben ik precies drie keer alleen naar huis gegaan. Eén keer omdat we ruzie hadden. Waarover weet ik al niet meer. En twee keer omdat Georgie thuiszat met een gebroken been. Verkoudheden en griepjes en zo hadden we meestal tegelijk.

Ik vraag me af wat dat daarnet nou eigenlijk was. Georgie heeft zo af en toe vijf minuten waarin ze zich als een idioot moet gedragen. Maar daarna wordt ze ofwel chagrijnig, zo chagrijnig dat je bijna niets tegen haar durft te zeggen, of ze gaat echt vreselijk dom doen. En met dat dom doen steken we elkaar meestal aan. Zoiets als daarnet heb ik nog nooit meegemaakt. Geen idee wat dat moest voorstellen. Alleen maar omdat ik zei dat ik Melanie heet? Ik weet wel dat ze dat een stomme naam vindt. Maar ik had gewoon even geen zin in de domme vragen die altijd komen als ik zeg dat ik Melle heet.

Wat is dat nou weer voor naam? Melle zoals in Pelle? Ha ha! Melle-Pelle! Enzovoorts. Daar heb niet altijd zin in. Echt niet.

Zou ze ziek zijn? Misschien is ze ongesteld geworden? Voor de eerste keer? Onzin, dan zou ik het toch weten.

Wanneer ik thuiskom, hoop ik heel hard dat ik op weg naar mijn kamer voor de verandering niemand tegenkom. Mama staat in de woonkamer op haar fitnessapparaat. Het teleshoppingprogramma overstemt het piepen van de voordeur. Ik loop snel door naar de trap. Mijn vervelende kleine broertje is nergens te bekennen. Dertien treden omhoog. Tweede deur rechts. Knal! Vanbinnen op slot draaien. Gered!

Ik laat me op mijn bed vallen en zet de radio aan. Ik draai het volume precies zo hoog dat er nog net geen protesten van beneden zullen komen.

Wat zou Georgie nu doen? Maakt niet uit, ik ga haar toch niet bellen!

Georgie

Melle heeft gebeld! Ik voel me drie kilo lichter. Net zat ik nog met Luise aan de keukentafel. Die heeft er een geweldig talent voor om het meteen in de gaten te hebben als er iets aan de hand is. 'Is er iets?' vraagt ze dan. Als ik er dan met hoofdschudden vanaf probeer te komen, zegt zij meteen: 'Ik zie het toch aan je neus, mijn lieve, kleine kikkervisje!'

Sinds wanneer, vraag ik je, heeft een kikkervisje een neus? Zijn alle moeders zo onlogisch? Ik hou dan dus gewoon mijn mond. Maar meestal slaagt ze er toch in om alles uit me te krijgen.

Vandaag hield ik het zwijgen vol en moest ze dus van tactiek veranderen. Vol enthousiasme begon ze me te vertellen over wat zij en Walter voor het komende weekend bedacht hebben. Ze hebben een of ander aquarium ontdekt. Een nieuw, enorm aquarium, waar je zelfs diepzeevissen kunt bekijken. Ze denkt dat het echt wat voor mij en Melle is, aangezien wij alle twee zeebioloog willen worden. Melle moet natuurlijk ook mee.

Ik heb maar een beetje voor me uit zitten staren. Niet bijzonder vriendelijk, geloof ik. Luise wist in elk geval plotseling niet meer wat ze moest zeggen. Ze zette haar leesbril op en begon haar post door te bladeren. Ze deed alsof ze absoluut niet beledigd was, maar dat was ze wel. Dat merkte ik heus wel. Ik ben niet dom. Ik zocht juist een goede reden om onopvallend op te kunnen staan, toen de telefoon ging.

Het is Melle. Ze moppert maar heel even, over die actie in het zwembad. Ik zeg meteen dat ik er spijt van heb. En daarna vertel ik over het aquarium, en zeg ik hoeveel zin ik heb om daar met haar naartoe te gaan.

We vragen ons af of ze er ook een reuzeninktvis hebben. Of de spookvis? De kortvinnige pareloog? De borstelmondvis? We kletsen een kwartiertje en elke minuut gaat het me gemakkelijker af.

Daarna loop ik terug naar de keuken. Luise staat bij het fornuis. Dat betekent dat we ofwel pasta met tomatensaus eten, of gebakken aardappelen met sla. Voor de geraffineerde gerechten moet je bij ons thuis bij Walter zijn. Een kookgek als vader heeft zeker voordelen, vooral wanneer je moeder Luise heet en helemaal niets van koken terechtbrengt.

Ze draait zich om. 'En, kikkervisje? Alles weer in orde?' vraagt ze en ze lacht.

'Alles oké, mevrouw Kikker!' zeg ik en dan ontwijk ik handig haar stomp. Daarna vraag ik of ze me nou eindelijk het foldertje van dat aquarium wil laten zien.

Ik voel me een stuk beter nu Melle gebeld heeft. Maar ergens in de kronkels van mijn hersenen ben ik toch niet helemaal tevreden. Ik vind dat Melle altijd veel te snel toegeeft. Als ze me een tijdje langer in mijn eigen sop had laten gaarkoken, tot ik begrepen had dat ik háár had moeten bellen, zou dat laatste restje rotgevoel ook verdwenen zijn. Maar wat maakt het uit? Zo is ze nou eenmaal.

Melle

Poeh, ik ben kapot! Maar het was een leuke zondag, ik kan niet anders zeggen. Alleen vanochtend was het een beetje raar, toen Georgie en haar ouders me kwamen ophalen.

Stom genoeg was ik nog niet klaar met aankleden en ik had ook nog niet ontbeten. Daarom nodigde mama ze alle drie uit om even koffie te komen drinken. Luise en Walter gingen in de eetkamer op onze designerstoelen zitten. Vooral Walter keek daarbij alsof hij onmiddellijk zeeziek werd. Mama drentelde voortdurend om ze heen, schonk koffie in en vertelde intussen over haar nieuwe dieet. Ik bedoel, dat gaat toch niemand wat aan? En moest ze nou echt ook dat poeder uit de keuken gaan halen? Dat spul waarvan je met water zo'n walgelijke drankje moet maken, waardoor schijnbaar al je vetcellen wegsmelten?

'Welke vetcellen, Doris?' vroeg Luise en ze glimlach-te daarbij heel vriendelijk.

Ik vind dat mama op dat moment best van onder-werp had kunnen veranderen. Maar nee hoor! Ze streek met haar hand over haar superstrakke trai-ningsbroek (maat 36 geloof ik) en kletste een eind weg over kussentjes op haar heupen.

'Mama!' zei ik en ik liep rood aan.

Daarna werkte ik snel het laatste stuk van mijn broodje naar binnen en keek naar Georgie. Maar die was druk bezig. Ze werd weer eens belaagd door mijn broertje, die haar voor de honderdste keer zijn verza-meling technisch Lego liet zien.

'We kunnen gaan!' riep ik. Ik pakte mijn rugzak en hoopte maar dat mijn moeder niet weer op het idee kwam om me op het allerlaatste moment nog een of ander haarspeldje of een gênante pet op te dringen. Maar ze drukte me alleen een haarborstel in de han-den. Gelukkig!

Nu zit ik lekker weggedoken op de achterbank van de zonsondergangrode kampeerbus van de familie San-der. Georgie zit naast me en neuriet mee met de cd die opstaat. Ze heeft haar ogen halfdicht en is waar-schijnlijk net zo knock-out als ik.

We zijn ook al bijna dertien uur in touw. Eerst de lange reis en daarna een paar uur in het aquarium. Georgie en ik hebben alles heel goed bekeken. Zo goed, dat Walter en Luise, die zich eigenlijk overal voor interesseren, op een gegeven moment toch ongeduldig werden. Die twee zijn er toen vandoor gegaan om nog een of andere tentoonstelling over opgravingen uit de Romeinse tijd te gaan bekijken. Wij hebben alles zeker wel vijf keer bekeken. Het leukste was de tunnel onder het diepzeeaquarium, waar de vissen vlak boven je wegzwommen. Ik vond het dus best heel interessant, maar toch was het ons al snel duidelijk dat wij zo'n aquarium heel anders zouden inrichten.

'In elk geval,' zei Georgie, 'zouden wij echte diepzeevissen nemen.' Van die vissen dus die op zo'n ongelooflijke diepte leven dat mensen daar helemaal niet kunnen komen. Hoogstens met een superspeciale onderzeeër.

Toen we daar met zijn tweeën van bassin naar bassin draafden, hebben we alles tot in de puntjes gepland. We gaan ook zo'n aquarium bouwen, heel dicht bij ons onderzoeksstation in de Atlantische Oceaan. Natuurlijk moeten we dan een heleboel personeel hebben, zodat het werk aan ons onderzoek er niet onder te lijden heeft. Maar daarvoor is ongetwijfeld wel financiële ondersteuning van de overheid. Wij organiseren alles en checken verder alleen af en toe of alles nog in orde is. Het grootste deel van de tijd brengen we onder water door, en 's avonds in ons kleine huisje op de kliffen. Met uitzicht op zee. We hebben een tamme meeuw en een kat en natuurlijk een ultramoderne motorboot, waarmee we in korte tijd naar het vasteland kunnen komen, voor het geval we een keertje zin in een beetje beschaving hebben. Een bioscoop of een ijssalon of zoiets. Af en toe misschien ook ergens dansen. Maar Georgie dacht dat je daarbij natuurlijk meteen jongens leert kennen, en daarmee haal je je een boel ellende op de hals.

Ik kan het me allemaal precies voorstellen. Vooral het kleine huis op de kliffen. Ik vind dat het zeeblauwe raamkozijnen moet hebben. Ik hoop dat Georgie dat ook wil.

Toen Walter en Luise ons weer kwamen ophalen, zijn we nog de binnenstad in gelopen om iets te gaan eten. Op de terugweg naar de bus deden mijn voeten inmiddels flink pijn. Maar dat geeft niet.

Uit de cd-speler klinkt nu een van onze lievelingsnummers. Georgie begint luid mee te zingen en ik ook. In de bus van de familie Sander wordt altijd veel gezongen, ook al is, behalve Luise, niemand er erg goed in. Ik kijk naar Georgie en Georgie grijnst terug.

'Alles oké, ouwe zeekomkommer!' zegt ze.

Georgie

Mijn benen voelen alsof ze onder mijn dekbed eeuwig door willen lopen. 'Hé stop, jullie kunnen nu uitrusten, hoor!'

Als iemand me nu kon zien... Georgina Sander met Wilfried, de pluchen walvis in haar arm onder een dekbed met wolkjes en sterretjes erop. Ik moet het er dringend een keer met Luise over hebben dat ze wat coolere dekbedhoezen voor me koopt. Wilfried mag natuurlijk blijven. Zonder hem kan ik niet slapen.

Melle en ik hebben vandaag onze toekomst gepland. Dat met dat onderzoeksstation moet echt lukken! Zo'n aquarium erbij zou natuurlijk mooi zijn, maar het kan ook zonder. In elk geval moeten we leren duiken. Echt duiken natuurlijk! Met persluchtflessen en duikpakken en zo. Ik kan maar het beste een duikcursus vragen voor mijn verjaardag. En dan moet Melle dat natuurlijk ook doen. Ik zal het er een keer met haar over hebben.

Dat soort zaken moet ik regelen. Ik wed dat Melle er vooral over nadenkt welke kleur de raamkozijnen van ons huisje moeten hebben. Dat is natuurlijk ook belangrijk. Logisch! En zonder Melle zou ik me het huis en alles niet eens goed kunnen voorstellen. Ze heeft gewoon een waanzinnig goede smaak. Van alle dingen kan ze altijd heel precies beschrijven hoe het eruit moet zien. Ze weet zelfs de namen voor de verschillende kleuren van alle vissoorten.

Als wij later vreemde soorten ontdekken, moet Melle absoluut de beschrijving voor haar rekening nemen. Maar eerst moeten we leren duiken.

Er is sowieso nog waanzinnig veel te doen.

Opeens bedenk ik dat ik mijn biologiehuiswerk nog niet gedaan heb. Dat is voor een toekomstige zeebio-

loog natuurlijk compleet onmogelijk. Zal ik weer op-
staan? Straks. Nu nog eventjes mijn ogen dichtdoen.

Melle

Vandaag is niet mijn dag. Is het soms een natuur-
wet, dat op een supermooie dag meestal zo'n beroerde volgt? Vanochtend op school had Georgie
een vreselijk rothumeur. Misschien kwam het doordat
ze haar biologiehuiswerk niet gemaakt had en ze het
dus met Seifert aan de stok kreeg? Of misschien was
ze geërgerd omdat Laura en Nicole in de pauze van
tien uur de hele tijd maar vroegen of Georgie liever
maandverband of tampons zou gebruiken als ze voor
het eerst ongesteld werd. En als ze tampons koos, of
ze dan die met inbrenghuls of zonder zou nemen? En
maandverband? Met of zonder vleugels? Geparfu-
meerd of niet? Welk merk? Enzovoorts. Georgie haat
dat onderwerp, dat weet ik. En ik wed dat Laura en
Nicole het ook weten, anders hadden ze het wel aan
iemand anders gevraagd en waren ze niet steeds maar
weer achter Georgie aan gelopen wanneer die aan de
andere kant van het schoolplein stond.

Ik heb geprobeerd haar af te leiden. Ik kletste over
de Atlantische Oceaan en over de reuzeninktvis die

voor het eerst door iemand gefotografeerd is. Eigenlijk een geweldige sensatie. Maar het lukte vandaag gewoon niet om haar een beetje op te vrolijken.

's Middags liep ik toen ook nog mijn moeder tegen het lijf. Ze kwam juist terug van hardlopen en was vreselijk energiek. Of ik niet eindelijk eens naar de kapper wilde? Of ik zin had om die nieuwe gezichtscrème voor de jeugdige huid uit te proberen? Of we niet weer eens samen zouden gaan winkelen? Bij H&M hadden ze juist schattige T-shirts voor jonge meiden. Ik durf te wedden: in de woordenschat van Georgies moeder komt het woord 'schattig' niet eens voor. En 'jonge meiden'... Brrr!

Uit wraak ben ik met ongekamde haren en in mijn sufste T-shirt naar de zwemtraining vertrokken.

En nu? Voor het zwembad staan Laura, Nicole en Sandra, het oppertutje. Tot zover nog niets aan de hand. Maar vlak naast hen staan ook Robbie en Matthis. Ik heb er helemaal niet meer aan gedacht dat die misschien wel weer zouden komen. Dan had ik toch in elk geval mijn haar gekamd.

Ik pak mijn tas in mijn armen en druk hem stevig tegen me aan. Niemand hoeft de verwassen Diddl-muis op mijn buik te zien. Georgie komt net de hoek om. Gelukkig! Ik stoot haar met mijn schouder aan en vertel nog een keer het verhaal over de net gefotografeerde reuzeninktvis. Deze keer luistert ze wel. We marcheren rechtstreeks het zwembad in en verdwijnen in de kleedhokjes.

Georgie

Toen ik Melle met haar warrige piekhaar en dat uitgelubberde Diddl-T-shirt voor het zwembad zag staan, was ik gerustgesteld. Ze gunt die mooie jongen Robbie geen blik waardig en vertelt me over de reuzeninktvis en de nieuwste onderzoeksresultaten. Gelukkig! Ik was toch wel een beetje bang dat ze geïnteresseerd was in die jongen. Maar ze had niet eens haar haren gekamd. Dat zegt toch alles. Laten die anderen zich maar met hem en zijn rare vriendje bezighouden. Laura, die voortdurend haar blonde lokken naar achteren schudt als een op hol geslagen zwabber, en Nicole en Sandra, die er weer eens uitzien alsof ze net van een casting vandaan komen.

Over het zwemmen ben ik vandaag ook tevreden. Ik heb de honderd meter vrij onder de één minuut tien gezwommen. En dat in een training! Ook Melle spant zich echt in. Eindelijk weer eens.

Nicole, Laura en Sandra trainen samen met ons. Terwijl ze bijna nooit wedstrijden zwemmen en hoogstens één keer per week in het zwembad komen. Ze zijn hier vooral voor de jongens. Omdat zwemmers zo'n goed figuur hebben. Nou ja, dat moeten ze zelf weten.

Melle

Hoe ze allemaal om Robbie heen zwermen! Nicole gedraagt zich nog wel het opvallendst. Echt gênant! Maar het lijkt Robbie wel te bevallen.

Gelukkig heb ik in elk geval wel mijn nieuwe zwempak aan. Ik klim op het startblok en duik het water in. Plons! Zeer elegant, geloof ik. Hopelijk hebben die sukkels op zijn minst gekeken. Ha! Ik heb het al lang niet meer zo leuk gevonden. Georgie is in elk geval erg tevreden met me en ook Micha, onze trainer, geeft me een schouderklopje. Of de anderen dat ook zien, zal me eigenlijk worst wezen.

Op de terugweg maken Georgie en ik een omweg langs de ijssalon. We vieren ons succes met één grote bosbessensorbet en twee lepels. Buiten lopen twee jongens langs. Robbie en Matthis, denk ik. Maar ze zijn het toch niet.

Georgie

Walter heeft gekookt. Geweldig! Ik smijt mijn zwemtas in een hoek en loop de keuken in. Er komt blijkbaar bezoek. De grote tafel is gedekt met het mooie servies van Walters oma. In de zesarmige zilveren kandelaar branden kaarsen en het ruikt… Mmm! Ik til het deksel van de pan en snuif. Bretonse vissoep! En in de oven staat een lamsbout te smoren. Gelukkig heeft de bosbessensorbet mijn eetlust nauwelijks bedorven.

'Heb je je zwemspullen opgeruimd, kikkervisje?' vraagt Luise, die de messen en vorken naast de borden legt.

Ik grijns een beetje stom en vertrek naar de badkamer om mijn zwempak en handdoek over de rand van het bad te hangen.

De deurbel gaat. Ik ga op de rand van het bad zitten. Dat hele begroetingsritueel handelen ze maar zonder mij af. Daar hoef ik echt niet bij te zijn, bij dat kusje-hier-en-kusje-daar-gedoe.

Boven de wastafel hangt een enorme, ouderwetse spiegel. Ik steek mijn tong uit. Georgina Sander. Pfff! Waarom moet ik nu opeens aan de blonde haren van Laura denken? Mijn eigen haar heeft een ondefinieerbaar, alledaags bruin kleurtje. Vrij kort geknipt, wat bij het zwemmen heel praktisch is. Ik blaas mijn wangen bol. Er zijn mensen, ook vrouwen, die er met kort haar teer en breekbaar uitzien. Bij mij is dat niet het geval. Even vraag ik me af hoe ik er met lang haar uit zou zien. Dan tik ik op mijn voorhoofd en ga ik terug naar de keuken.

Gerlinde en Dietrich zijn er, en nog een collega-docent van Luise en Walter die er anders altijd alleen bij grotere feesten is. Simone heet ze, geloof ik. Geeft Engels en maatschappijleer. Gelukkig bedrijven ze hun leraarspraktijken op een andere school en niet bij ons.

Wanneer we gasten hebben, is het meestal ontzettend gezellig, maar vandaag is het op de een of andere manier foute boel.

Het begint ermee dat Dietrich dit stomste van alle stomme zinnetjes zegt: 'Goh zeg, wat ben jij groot geworden, Georgie! Een echte jongedame.'

Ik zeg niets. Of moet ik soms antwoorden: 'Wat ben jij oud geworden, Dietrich! Een echte oude knakker.'

Al tijdens de soep zijn ze bij hun lievelingsthema aanbeland. De tijd dat Walter, Luise, Gerlinde en Dietrich samen met nog een paar anderen in een woongroep woonden. En dan, bij de lamsbout, valt plotseling het woord 'puberteit'. O nee! Niet alweer! Dat hebben we laatst al gehad. Bij dit onderwerp zijn Luise en Gerlinde niet meer te stuiten en ook Simone kan er van alles over verzinnen. Hoe ze zich destijds voelden. Hoe verkrampt hun ouders daarmee omgingen en hoe goed jonge mensen het tegenwoordig hebben. Bla bla bla. Heb ik het zo goed dan? Ze hoeven het me alleen maar te vragen. Ik probeer er niet meer naar te luisteren en schep nog een portie bonen op.

In de keuken is het warm. Walter ontkurkt een fles rode wijn en Dietrich zet een andere cd op. Iets Afrikaans of zo.

'Precies!' hoor ik Luise zeggen. 'Als Georgie zo ver is, duw ik haar niet simpelweg een pak maandverband in haar handen, zoals mijn moeder deed. Nee, dat vieren we echt. Ter ere van de maangodin of zo. Ten slotte is het een van de belangrijkste dagen in het leven van een vrouw.'

Gerlinde en Simone zijn superenthousiast.

Hé, hallo! Ik zit hier ook aan tafel! Zouden jullie dat misschien ook even met mij kunnen bespreken? Maar die drie zijn al bezig om een maangodinnenmenu (of hoe je dat ook noemt) samen te stellen. Ik geloof mijn oren niet. Na het toetje ga ik meteen naar bed.

'Wat is er, kikkervisje?' vraagt Luise. 'Zit je ergens mee?' Ze staat op en legt een arm om mijn schouder. Ze ruikt naar Luise. Een beetje Nivea-crème, een beetje vanillepudding.

'Vertel ik je een andere keer wel,' mompel ik.

'Oké!' Ze geeft me een vluchtige kus op mijn wang.

Bah! Op die vrouw kun je gewoon niet lang boos zijn. Ik knik de anderen toe en verdwijn naar mijn kamer.

Melle

Ben vandaag met mama naar de stad geweest. Tijdens het middageten was ze opgewekter dan ze lange tijd geweest is. Ze was de hele tijd zo enthousiast over die T-shirts bij H&M dat ik haar uiteindelijk beloofde om mee te gaan. Ze viel me om de hals en maakte toen van louter vreugde haar cappuccino bij uitzondering met volle in plaats van met magere melk. Hopelijk krijgt ze daar geen spijt van.

We hebben voor mij vier T-shirts gekocht. De rozerode met de pofmouwtjes wilde ik eerst niet, maar mama ging er maar over door hoe geweldig die me zou staan en hoe goed die kleur bij mijn blonde haar paste. Nou ja! Daarna hebben we een boel lol gehad toen mama, gewoon voor de gein, allerlei hippe kleren van de tienerafdeling ging passen.

Juist toen ze weer eens in een pashokje bezig was om zo'n ultrakort, gekreukt gevalletje met een opdruk van een of andere popster aan te trekken, tikte er van achter iemand op mijn schouder.

Ik draai me om. Robbie!

'Hé,' zei ik en ik zond massa's signalen naar mijn brein om ervoor te zorgen dat ik niet rood werd. Vandaag tenminste mijn haren gekamd. En mijn shirt? Hm. Kan ermee door.

'Wat doe jij hier?' vroeg Robbie.

Ik hield de tas met T-shirts omhoog, grijnsde daarbij en hoopte dat mama nog een tijdje in het pashokje zou blijven. Ik liep een paar stappen verder. Zo ver mogelijk weg van de pashokjes.

Robbie bleef steeds naast me. 'We gaan straks nog naar de ijssalon om de hoek,' zei hij. 'Heb je misschien zin om mee te gaan?'

'Ja, misschien!' Ik keek over mijn schouder in mama's richting.

Zij kwam net achter het gordijntje vandaan en keek zoekend om zich heen. Het jurkje stond haar echt afschuwelijk.

Uitgerekend op dat moment moest Robbie zich natuurlijk omdraaien. 'Hm, die heeft zich zeker in de afdeling vergist!' zei hij grijnzend.

'Waarschijnlijk,' reageerde ik en ik deed of ik dat rare mens nooit eerder gezien had.

'Tot zo dan!' zei Robbie en toen slenterde hij verder in de richting van de roltrap.

Op de een of andere manier was het shoppen daarna niet meer zo leuk. Mama deed haar gewone kleren weer aan en wilde toen nog schoenen gaan kopen bij de sportwinkel. Blijkbaar trok ik een nogal vies gezicht, want ze stelde voor om alleen op schoenen uit te gaan en elkaar om halfvier weer te zien bij de espressobar aan het plein. Ik knikte opgelucht.

In de ijssalon was behalve Robbie niemand die ik kende. Hij stond er helemaal alleen tegen een zuil aan geleund. Terwijl hij toch echt had gezegd: 'Wij gaan naar de ijssalon.' Ik wilde er snel weer vandoor gaan, maar toen had hij me al gezien. We kochten alle twee een ijshoorntje en hebben toen een tijdje door het winkelcentrum geslenterd. Als je dat slenteren kunt noemen. Het voelde net alsof mijn voeten er verkeerd om aangeschroefd zaten. Robbie likte aan zijn ijsje en grijnsde af en toe van opzij naar me. Hij heeft bruine ogen waarin, afhankelijk van de lichtval, oranjegouden puntjes te zien zijn. En wanneer hij lacht, krijgt hij kuiltjes in zijn wangen. Ik voelde me heel raar en ik wist totaal niet waar ik met hem over moest praten.

Op een gegeven moment schraapte ik mijn keel en ik vroeg: 'Vind je het leuk bij de zwemclub?'

Zeer origineel, Melle Barofsky, echt!

'Heel leuk,' antwoordde hij. Hij gooide het laatste stuk van zijn ijshoorntje in de prullenbak, gaf me een ministomp en zei: 'Ik vind je haar mooi!' En toen was hij weg. Zomaar de hoek om gelopen.

Nu sta ik hier op het plein voor de espressobar op mama te wachten. Het is net alsof ik de wereld door een ruit van matglas zie. Als ik aan daarnet denk, raakt mijn maag opeens in de knoop. Hopelijk heb ik niet al te veel onzin uitgekraamd. Ach, hou toch op! Hoe kan een maag nou in de knoop raken. Maar zo voelt het precies. Ik hup van mijn ene voet op de andere. 'Ik vind je haar mooi!' Pfff! Dat kan iedereen wel zeggen. Uitgerekend mijn haren. Als ik alleen maar aan Laura's krullen denk. Of Nicoles roodgouden manen.

Die gast houdt me voor de gek. Maar dan moet ik weer aan de kuiltjes denken. Ik ben toch hopelijk niet verliefd aan het worden? O nee! Ik moet gaan zitten.

Georgie

Nu heb ik al tien keer geprobeerd om Melle te bellen, maar ik krijg steeds alleen maar het antwoordapparaat met de stem van Melles broer: 'Dit is het nummer van Doris, Rolf, Melanie en Sebastian Barofsky. Helaas is er op het moment niemand thuis, dus probeer het later nog eens of spreek iets in na de pieieieieieieieieip.'

Melle

Gelukkig kan mijn kamerdeur op slot. Ik heb nu echt geen zin om iemand te zien. Al helemaal niet Sebastian met zijn kinderachtige gedoe. Beneden gaat voor de zoveelste keer de telefoon. Laat maar lekker rinkelen. Waarom neemt niemand op? Mama is zeker nog aan het hardlopen, Sebastian zit voor de tv, die hoort niets. En papa? Komt gegarandeerd nog lang niet thuis. De telefoon gaat nog steeds. Laat me toch met rust. Ik heb tijd nodig. Om na te denken!

Dus. Hoe ging het ook alweer? Ik kwam Robbie tegen. En daardoor kreeg ik kriebels in mijn buik.

Stop! Denkfout!!!!!!!!!!!

Ik had kriebels in mijn buik doordat mama in het openbaar dat gênante jurkje aantrok en doordat ik het niet gewend ben om met een jongen die ik nauwelijks ken door het winkelcentrum te lopen. Van zoiets zou iedereen nerveus worden. Echt iedereen. Er is dus niets bijzonders gebeurd!

Poeh! Ik adem een keer diep uit en doe een andere cd in mijn cd-speler. Dat betekent dat ik ook niet verliefd ben. Nog geen ietsiepietsie. Hoe kwam ik eigenlijk ooit op dat idee? Het is om je rot te lachen. Echt! Ik spring van mijn bed en loop naar beneden om Georgie te bellen. Ik ben benieuwd of ze al wat heeft uitgevonden over die duikcursus.

Georgie

Ik moet er echt aan denken om die folders van de duikcursussen in mijn tas te doen als ik naar school ga. Bij die ene sluit de aanmeldingstermijn volgende week al.

Melle

Sebastian bonkt op de badkamerdeur. Ja, en? Van-ochtend heb ik nou eens een keer wat langer nodig. Gisteren was hij het die uitgerekend om zeven uur 's ochtends zijn nieuwe onderzeeër in de badkuip moest uitproberen.

Ik kam mijn haren. Wat een stomme pieken daar aan de zijkant. Misschien moet ik het laten groeien. Ik pak de handspiegel en bekijk mezelf van links en van rechts. Ja dus! Aan de zijkanten en van achteren moet het langer worden en die pony moet helemaal weg. Ieieieuw! Waarom is me nooit eerder opgevallen hoe stom mijn neus er van de zijkant uitziet? Maar misschien ligt het niet aan de neus? Misschien komt het wel doordat ik zulke ronde wangen heb? Zo baby-achtig. Ik maak een o met mijn mond en zuig mijn wangen naar binnen. Aha! Dat ziet er meteen een stuk interessanter uit.

Sebastian timmert steeds woester op de deur. Ik poets eerst nog in alle rust mijn tanden en daarna ga ik naar mijn kamer om mijn nieuwe topje met de pof-mouwtjes aan te trekken. Mama heeft gelijk. Het staat me helemaal niet verkeerd. Als nou ook nog dat babyvet in mijn gezicht weg was…

Zeg eens, ben je nou helemaal gek geworden, Melle Barofsky? Ik steek mijn tong uit. Bij het ontbijt eet ik alleen een klein bakje suikervrije muesli. Dat kan in elk geval geen kwaad.

Mama staat al op het punt om weg te gaan. Ze wil met haar vriendin een proefles volgen in de nieuwe fitnessstudio die sinds kort op de hoek zit waar vroeger de bakkerij van mevrouw Wenz was. Terwijl ze nog maar twee maanden geleden een abonnement heeft genomen bij het Fit & Fun Centre in de Zwaluwstraat.

'Je kunt het ook overdrijven!' zeg ik.

Georgie

Ik ben vroeg vanochtend en zit al op het muurtje bij school als Melle eraan komt. Ze heeft een nieuw T-shirt aan. Door de frisse lucht zijn haar wangen roze, als een pas geplukte appel. Je zou haar zo willen knuffelen!

'Nieuwe kleren?' vraag ik. Dat klonk niet erg aardig, geloof ik, want heel even kijkt Melle nogal geschrokken. Ik trek aan haar mouwtjes. 'Ziet er een beetje uit alsof het uit de Barbie-winkel komt!' zeg ik met een grijns.

Maar Melle lacht niet terug. Mens, het was toch maar een grapje. Dat wil ik haar juist zeggen, maar dan komen Laura en Nicole om de hoek gelopen, kletsend over een of ander Engels proefwerk van morgen of zo. En daarna ben ik het verder vergeten.

Melle

Georgie deed vanochtend zo raar. Gelukkig was in de pauze alles weer gewoon. Ik heb haar gevraagd of ze mijn nieuwe topje soms niet leuk vond. Maar toen lachte ze alleen en zei dat het er juist heel cool uitziet. Daarna hebben we zitten grinniken over Laura, die verliefd is op een of andere Guzzi. Ze heeft die naam minstens tien keer op haar onderarm geschreven. Met watervaste viltstift! Die Guzzi zit in de derde. Nicole en Sandra gilden steeds weer: 'Daar komt hij, achter je!'

Dan begon Laura ook te gillen en trok ze de mouwen van haar shirt naar beneden, zodat 'Guzzi' niet zou ontdekken dat zijn naam op haar onderarm staat. Maar het was elke keer vals alarm. Geen idee waar 'Guzzi' in de pauze rondhangt, maar in elk geval niet op ons schoolplein.

Georgie gaf me een arm en zei dat ze echt blij is dat

wij niks te maken hebben met die hele verliefd-
heidsonzin.

Nu ben ik mijn huiswerk aan het maken. Maar ik
kan me op de een of andere manier niet concentreren.
Vanavond is er weer zwemtraining. Ik moet zorgen
dat ik daarvóór klaar ben. En voor het Engelse proefwerk heb ik nog nauwelijks geleerd.

Georgie

Luise overhoort me mijn Engelse woordjes. We zitten in de keuken. Walter zit in de woonkamer en
kijkt proefwerken na. Af en toe horen we hem
zuchten.

'Nu voelt hij zich weer persoonlijk beledigd omdat
zijn leerlingen de Duitse grammatica niet beheersen,'
giechelt Luise.

'Die is dom!' zeg ik en ik vraag me af of mevrouw
Hansult ook gekwetst is als ik háár woordjes niet kan
onthouden. Aan de muur tikt de oude klok die we een
keer van een vlooienmarkt in Zuid-Frankrijk hebben
meegenomen. Ik ga nog een kwartiertje door. Op
twaalf na wist ik alle woordjes. Nou, dat valt dus best
wel mee.

Luise zet vanillethee voor ons. Ze pakt de grote mokken van de pottenbakkersmarkt in het Franse deel van Zwitserland. Is er bij ons in huis eigenlijk wel iets wat we gewoon in een winkel gekocht hebben?

Luise slurpt van haar thee en kijkt me over de rand van haar beker aan. 'Toen ik zo oud was als jij, werd ik voor het eerst verliefd,' vertelt ze.

O nee, alsjeblieft niet weer dit onderwerp!

'Hij heette René, hij was een uitwisselingsstudent uit Frankrijk. St. Etienne, geloof ik. Hij had zo'n grappig accent. Op hem moest je gewoon wel verliefd worden.' Ze glimlacht.

'Ik word nooit verliefd!' zeg ik. Dan loop ik naar mijn kamer. Ik hoef echt niet tegen die dat-zullen-we-nog-wel-eens-zien-blik op Luises gezicht aan te kijken.

Melle

Bij de zwemclub liet Nicole haar nieuwe bikini zien. Cupmaat 70A. Ik moet nodig eens aan mama vragen hoe dat zit met die cupmaten. Gelukkig merkte niemand dat ik daar totaal geen verstand van had. Nicole trok haar bikini aan en gluurde steeds maar weer naar de deur, alsof ze op iemand wachtte.

Mijn nieuwe badpak leek me opeens helemaal niet meer zo geweldig.

Georgie trok een afkeurend gezicht. 'Een bikini voor bij een wedstrijd? Pfff!' zei ze, voor ze met een perfecte snoekduik het water in dook.

Robbie en Matthis zijn vandaag helemaal niet gekomen. Maar goed ook dat het me geen klap interesseert.

Georgie gaat nog met me mee naar huis. We willen mama, en als hij thuis is papa ook, de formulieren van de duikcursus laten zien die we hebben uitgekozen. Ik stel me Georgie in een duikpak voor, met van die zwemvliezen aan haar voeten, en begin te giechelen. We oefenen de zwemvliezenwaggelgang tot we bij mijn huis zijn aangekomen. Ik heb steken in mijn zij van het lachen en Georgie hapt ook naar lucht.

Ze blijft nog tot het avondeten en als papa komt, overtuigen we hem ervan hoe belangrijk het is dat zijn dochter diepzeeduiken leert. Hij stemt er al heel snel mee in. Waarschijnlijk is hij gewoon te moe om ertegenin te gaan.

Omdat het al zo laat is geworden, besluiten we dat Georgie blijft slapen. Morgenochtend maken we dan wel een omweg langs haar huis om haar schoolrugzak op te halen.

Ik zou niet kunnen zeggen hoe vaak we al zo hebben gelegen. Ik op mijn bed en Georgie ernaast op een matras. We kletsen nog een eeuwigheid en luisteren muziek (heel zachtjes, om Sebastian niet hierheen te lokken).

Georgie

O nee! Wat moet ik nou weer doen?

Ik geloof dat Melle verliefd is.

Vorige week was alles nog oké. Die Robbie en zijn rare vriendje kwamen niet meer opdagen bij de zwemclub en ik dacht al dat ze het hadden opgegeven. Maar nee dus! Melle en ik zaten ons vrolijk te maken over Nicoles nieuwe kapsel (honderdduizend kleine vlechtjes met knalroze elastiekjes) en Laura te pesten met haar Guzzi.

'Guzzi! Dat klinkt wel een beetje Italiaans,' riep Melle juist en 'Guzzi, het snoezepoezie uit de Abruzzi!'

Toen ging de deur open en Robbie kwam binnen, met zijn vriend achter zich aan. Melle had haar mond nog open. Die deed ze snel weer dicht, toen werd ze rood en meteen daarna weer bleek. Heel snel had ze haar beroemde Melle-is-de-coolste-vrouw-van-de-hele-wereld-blik op haar gezicht getoverd, die blik waar iedereen intrapt, behalve ik.

'Hallo, Melanie!' zei mister Robbie-Williams-maar-niet-heus.

En ik riep, nog voor Melle kon antwoorden: 'Ze heet Melle!'

'O, dat wist ik helemaal niet, dat jij Melle zegt tegen

Melanie,' zei hij met een suikerzoet stemmetje. Een blinde met een stok had nog gemerkt dat hij me belachelijk wilde maken.

Op dat moment kwam Nicole ertussen. Ze zwaaide met haar vlechtjes en piepte: 'Dat is leuk, dat jullie tweeën er weer zijn! We hebben jullie zóóó gemist!'

Waar leert iemand zulke zinnetjes? Waarschijnlijk van GTST of zo.

Melle pakte me bij mijn arm en trok me weg. De hele middag heb ik haar in de gaten gehouden. Daardoor zwom ik een vreselijk beroerde tijd. Melle heeft helemaal niet meer naar die jongen gekeken. Is dat nou een goed of een slecht teken?

Ze loopt naast me. De uiteinden van haar haren zijn nog nat en de punt van haar neus glimt als een glazen knikker.

Jemig, Melle! Wat moet ik nou doen?

Ik kan haar moeilijk vragen of ze verliefd geworden is. Dan is ze ofwel verschrikkelijk beledigd, of nog erger: ik breng haar daardoor juist op een idee.

Ik kijk naar de punten van mijn schoenen. Linkervoet, rechtervoet, linkervoet. Schop! Er vliegt een steentje over straat. Ik loop mee tot Melles huis. Mevrouw Barofsky staat in de keuken te telefoneren. Ik zie haar door het raam.

'Oké dan,' zegt Melle. 'Tot morgen, ouwe zeekomkommer!' Ze geeft me een niet al te harde stomp, springt in één keer de drie treden voor de voordeur op en verdwijnt in het huis. De deur slaat achter haar dicht. Ik draai me om en sjok in slakkentempo naar huis.

Melle

O nee! Hopelijk heeft Georgie niets gemerkt. Hij was weer bij de zwemclub. Robbie! Hij kwam binnen, ik zag zijn kuiltjes en... Wham! Echt zo balen.

'Hallo Melanie,' zei hij tegen me. Had hij de vorige keer eigenlijk ook al zo'n mooie stem?

En er schoot me absoluut niets te binnen om tegen hem te zeggen. Alleen Nicole, die wist natuurlijk wel iets. Zou Robbie haar kapsel leuk gevonden hebben? Vast! Hij heeft immers iets met haren. En die van Nicole zijn nog steeds idioot lang, zelfs als ze het gevlochten heeft. Zouden de mijne ook al wat gegroeid zijn? Ik moet zo meteen even in de spiegel kijken. Ik heb nu echt helemaal geen zin in avondeten. Mijn maag voelt aan alsof ik mieren heb opgegeten. Nou ja, geeft niets. Dan verdwijnt er tenminste wat van dat babyvet. Mama is nog aan het bellen. Ik sluip de trap op. Hoe heet Robbie eigenlijk van zijn achternaam? Waar woont hij? Op welke school zit hij? Zou hij volgende week op training komen? En wat als hij niet komt?

Georgie

Nu is ze kwaad! Oeps! Dat wilde ik nou ook weer niet. Waarom kan ik mijn grote klep ook niet houden? Vanochtend kwam ze op school in alweer een nieuw shirtje. Haar haren waren gewassen en het viel me opeens op dat ze het ook al in geen eeuwigheid heeft laten knippen. Vanwege Robbie natuurlijk, dacht ik en ik zei: 'Nou zeg, wil je dan toch eindelijk lid worden van de Barbie-club?' Mijn stem klonk heel onaardig. Veel onaardiger dan ik bedoelde.

Melle kromp in elkaar alsof ik haar een klap gegeven had. 'Jemig, Georgie!' zei ze. 'Ik mag toch aantrekken wat ik wil?'

Toen had ik kunnen inbinden. Maar dat deed ik niet. 'Je ziet eruit alsof je je wilt aansluiten bij het tutten-clubje van Nicole,' bromde ik in plaats daarvan.

Toen draaide ze zich om en is ze weggelopen.

Geweldig, echt! Daar heb ik een medaille mee verdiend. Serieus!

Melle

Ik moet de hele tijd aan Robbie denken. Aan wie zou ik nou kunnen vragen waar hij zoal uithangt als hij niet in het zwembad is? Het liefste zou ik zijn naam overal op krabbelen. Voor mijn part ook op mijn onderarm, zoals Laura gedaan had. Maar dat gaat niet. Ik wil in geen geval dat Georgie iets merkt. Ik had vanochtend zo'n rotgevoel toen ik naar school ging. Maar Georgie was alleen maar geïnteresseerd in mijn T-shirt en kletste een eind weg over de Barbie-club en zo. Ze deed echt heel chagrijnig. Als ik nou plotseling een navelpiercing had genomen, of op hoge hakken naar school was gekomen. Maar nu? Soms doet ze echt gestoord.

Georgie

Uit Melle moet je maar wijs kunnen worden. De hele ochtend heb ik zitten piekeren hoe ik het voor elkaar moest krijgen dat ze weer met me zou praten. Maar ik had geen idee. In mijn hoofd was het één groot vacuüm.

En dan, tijdens het zesde uur, schuift ze me opeens een briefje toe: een tekening van een komkommer met een treurig gezicht. Hij heeft een rood-met-wit gestreepte reddingsband om en zwemt in een knalblauwe zee met hoge golven. Boven zijn hoofd staat een tekstballon: 'Niet meer boos zijn, ouwe zeekomkommer!'

'Boos?' fluister ik en ik grijns naar haar. 'Wie is hier boos? Ik ben het tegendeel van boos.' Dan schuif ik mijn laatste zoute dropje naar haar toe. Zoute dropjes kan Melle echt niet weerstaan. Dat weet ik heel goed.

Melle

'**V**eeg toch niet steeds je haren uit je gezicht!' zegt mama tijdens het middageten en Sebastian loeit: 'Ga toch naar de kapper!'

'Ik wil het laten groeien,' zeg ik.

Dat had ik beter niet kunnen doen, want nu is mama meteen in haar element. Ze haalt er een of ander vrouwenblad bij, dat 'toevallig' een artikel heeft over halflange kapsels. 'We moeten iets zien te vinden voor de overgangsperiode,' roept ze enthousiast. En dan begint ze aan één stuk door te ratelen over kapsels met piekjes, aanzetpermanentjes, kleurspoelingen en highlights.

'Ik wil het gewoon laten groeien!' Ik moet mijn best doen om niet al te geërgerd te klinken. Mama bedoelt het immers goed. Maar highlights! Echt! Alleen over mijn lijk.

's Middags zit ik plotseling in de bus. In de richting van het centrum. Geen idee hoe ik hier terechtgekomen ben. Onzin! Natuurlijk weet ik dat ik zelf ben ingestapt. Vrijwillig. Maar waarom? Domme vraag. Ik moet gewoon de hele tijd aan Robbie denken. En de enige plek waar ik hem ben tegengekomen behalve in het zwembad, is op de tienerafdeling van H&M. O ja! En bij de ijssalon in het winkelcentrum. Maar wat wil ik daar dan doen? Ten eerste zou het een gigantisch toeval zijn als hij daar uitgerekend vandaag weer opduikt. En ten tweede: wat doe ik als hij er daadwerkelijk is? Hij merkt toch meteen dat ik er ben vanwege hem. Onzin! Waarom eigenlijk? Ik moet gewoon zo cool mogelijk blijven, dan merkt hij helemaal niets. Maar cool blijven met die mieren in je buik?

O nee! Hopelijk is hij er niet! Hopelijk is hij er wel. Neeeee! Hopelijk is hij er niet.

Melle Barofsky, je bent niet goed snik.

Ik stap uit bij de bushalte in de Friedrichstraat en ren eerst maar eens naar het warenhuis om naar de plee te gaan. Daarna loop ik het winkelcentrum in. Besluiteloos blijf ik een moment staan. Welke kant zal ik op gaan? Het is de eerste keer dat ik hier alleen ben. Anders ben ik altijd met mama op stap, of zaterdags met het hele gezin en het vaakst natuurlijk met Georgie. Stop! Aan Georgie wil ik niet denken. Als die me nu zou zien… Vreselijk!

Eerst ga ik maar een ijsje kopen. Ik stap de ijssalon binnen en loop recht op de toonbank af. Zou hij ergens zitten? Ik durf niet te kijken. De ijsverkoper heeft het hoorntje al in zijn hand en staart me vol verwachting aan. Welke smaken? O jee, welke smaak ijs eet ik het liefst? Ik ben het vergeten. Het kriebelt in mijn nek. Ik krijg het warm.

'Aardbei en vanille!' zeg ik.

Geweldig! Super! Twee smaken die ik absoluut niet lust. Ik betaal en draai me om. In de ijssalon zitten precies drie mensen. Een oma met haar kleinkind en een oudere heer. En daar loop ik me zo over op te winden? Ik lik aan mijn ijsje. Aardbei, vanille! Tsss… Melle Barofsky, je bent echt niet goed bij je hoofd.

Met het ijsje in mijn hand voel ik me in het winkelcentrum niet meer zo overbodig. Ik slenter langzaam langs de etalages. Tegenover de H&M is een parfumerie. Ik bekijk elk raar flesje, elke poederkwast en elk stuk zeep, een voor een. Zeer interessant!

Hoe vaak kun je eigenlijk langs de H&M heen en weer lopen voor ze je voor gek verklaren? Het tweede ijsje dat ik gekocht heb (deze keer mijn lievelingssmaken: meloen en chocolade met stukjes) is ook alweer op. Nu ga ik naar huis. Wat moet ik hier eigenlijk? Vastbesloten ga ik op weg en… Daar loopt hij! Ik zie de bruine krullen. Met één sprong duik ik weg achter een kledingrek. Ik kom hier pas weer achter vandaan als ik weet wat ik moet zeggen. Wacht eens… Wie is dat? Hem ken ik helemaal niet.

Ik wil juist weer overeind komen, als iemand van achteren een hand op mijn schouder legt. Ik draai me om. Het is Nicole. Uitgerekend zij! En achter haar staan Laura en Sandra.

'Eh… Ik ben iets verloren,' stamel ik. Wat gaat hen dat eigenlijk aan?

'Zullen we je helpen zoeken?' vraagt Laura. Ze bedoelt het echt heel aardig.

'Eh…' zeg ik. 'Nee hoor. Ik geloof dat het toch niet hier was. Ik heb alles al afgezocht. Maar niks.' Ik haal mijn schouders op.

'We willen net naar de ijssalon gaan, kom je mee?' vraagt Nicole.

Nu heb ik wel vaak genoeg 'eh' gezegd. Ik ga mee. Wat moet ik anders doen? In de ijssalon bestel ik een bananensplit. Mijn zakgeld slinkt en mijn babyvet verdubbelt met de minuut. Lekkere actie, Melle Barofsky, echt!

De drie zijn onophoudelijk aan het giechelen.

Laura is net haar Guzzi tegengekomen en is daar nog niet van hersteld. 'O nee,' roept ze elke twee minuten.

Die Guzzi dook uitgerekend op op het moment dat Laura de andere twee wilde voordoen wat voor dom gezicht onze wiskundeleraar elke keer weer trekt als een van ons zijn huiswerk niet gemaakt heeft. Sandra vertelt het verhaal steeds opnieuw in een iets andere versie en dan slaan ze dubbel van het lachen. Ook Laura. Ik probeer te doen of alles me ongelooflijk interesseert en lach mee. Nicole heeft vandaag alweer een ander kapsel. Ze heeft de vlechtjes losgemaakt en daardoor hebben haar haren nu allemaal kleine golfjes. Het ziet eruit als engelenhaar. Sandra probeert erachter te komen op wie Nicole verliefd is. Maar die roert alleen maar in haar aardbeiensorbet en grijnst veelzeggend.

'Kom op, zeg het nou!' roept Sandra.

'Ja, vertel op, anders is het niet eerlijk. Ik heb het ook gezegd!' zegt Laura met een piepstem.

Nicole zegt niets. Nou en? Kan mij het schelen!

Ik denk koortsachtig na hoe ik er op een handige manier tussenuit kan knijpen. 'Ik moet weer eens gaan,' zeg ik na een tijdje. Blijkbaar veel te zacht, want niemand reageert. Ik schraap mijn keel en probeer het nog een keer: 'Ik moet weer eens gaan!'

Nu willen de anderen ook vertrekken. Vlak voor de bushalte scheiden onze wegen. Ik draai me nog één keer om en kijk de drie na. Nicoles krulhaar glanst in het middaglicht. Had ik ook maar zulke haren. De bus komt. Ik stap in en bots tegen iemand op die op het laatste moment nog wil uitstappen. Als verdoofd loop ik naar een vrije plek. Ben ik wakker of droom ik? Dat was Robbie, tegen wie ik ben opgebotst. O nee! Die komt nu gegarandeerd die andere drie tegen. En ik? Ik kan moeilijk alweer bij de volgende halte uitstappen. Handig gedaan, echt! Ik mag mezelf feliciteren.

Thuis kom ik eerst mama tegen.

'Georgie was hier,' zegt ze. 'Ze heeft een tijdje gewacht, maar toen is ze weer weggegaan.' Vol verwijt voegt ze eraan toe: 'We wisten tenslotte niet waar je was. De volgende keer laat je me weten waar je naartoe gaat!'

'Als ik een mobieltje zou hebben, had ik je kunnen bellen,' zeg ik en op hetzelfde moment merk ik dat ik te ver gegaan ben. Zo wordt het nooit wat. Met dat mobieltje, bedoel ik.

Ik ga naar mijn kamer. Daar staan mijn bed, mijn kast, mijn bureautje. Aan de muur hangt een poster van Jacques Cousteau, daarnaast een filmaffiche van *Pirates of the Caribbean*. Het is net alsof ik alles voor het eerst zie. Ik ga op mijn bureaustoel zitten en weet niet wat ik moet doen. Vroeger zou ik meteen Georgie gebeld hebben en met haar over Laura, Nicole en Sandra geroddeld hebben, maar nu gaat dat op de een of andere manier niet. Nee. Dat gaat echt niet!

Georgie

'Waar was je gisteren nou?' vroeg ik aan Melle toen we vandaag samen in bus 34 naar de ijsbaan zaten. Na het zwembad is dat onze lievelingsplek. In de winter om te schaatsen en in de zomer om te skaten.

'Ik was de stad in. Moest wat kopen,' zei ze snel. Het klonk alsof ze het uit haar hoofd geleerd had. Daarna keek ze door het raam naar buiten en vroeg ze zich hardop af of er vandaag in de schaatshal betere muziek zou zijn dan de vorige keer. 'Toen viel je bijna in slaap in de bochten!' Ze draaide zich om en lachte weer haar normale Melle-lachje.

Ik snap er echt niets meer van. Zie ik soms spoken? Normaal gesproken zou ik haar gevraagd hebben wat ze dan moest kopen en dan had ze me dat verteld en hadden we daarna gewoon verder gekletst.

De muziek is beter dan de laatste keer, vind ik. Alhoewel die nummers ongetwijfeld ook al gedraaid werden toen Luise en Walter hier nog kwamen met hun huisgenoten. 'In the summer, in the city' en 'We are family', dat soort dingen.

Melle skatet voor me uit. Op inlineskates ziet ze er echt heel goed uit. Bij haar zien de knie- en elleboogbeschermers er niet eens raar uit. Ik voel me met die glanzend zwarte onderdelen altijd net een dubbel gepantserde mestkever. Misschien is dat ook de reden waarom ik nooit zo goed zal kunnen skaten als Melle. Maar goed, het is toch best leuk. Het is nog niet zo druk, dus oefen ik een stukje achteruitrijden en linksom draaien.

Melle cirkelt om me heen en moedigt me aan. Dan begint ze opeens gek te doen en haar tong naar me uit te steken. 'Pak me dan, als je kan!'

Dat laat ik me geen twee keer zeggen. Ik skate misschien minder goed dan zij, maar snelheid is het probleem niet.

Maar voor ik ben overgeschakeld van achteruit- naar vooruitrijden, is Melle er allang vandoor. Ik vlieg achter haar aan. Melle is bij de omheining aan de overkant aangekomen en maakt een lange neus. Wacht maar!

Melle skatet zigzaggend weg, als een vluchtende haas. Ik heb haar bijna. Ik voer het tempo nog verder op. Maar waar is ze nou? Ik zie haar helemaal niet meer. Ik kijk achter me en bots in vliegende vaart tegen een obstakel op. Met een grote boog land ik met mijn hoofd voorover op de baan. Ik zie sterretjes.

Iemand buigt zich over me heen. 'Ben je gewond?'

'Geen idee,' zeg ik. 'Als de pijn minder wordt en ik mijn botten weer gesorteerd heb, zal ik je laten weten of ik er een mis.' Ik probeer op te staan. Ai! Waar doet het eigenlijk géén pijn?

De iemand pakt mijn arm beet en probeert me overeind te helpen. Ik kijk opzij. O nee! Het is die jongen,

Matthis, die altijd met Robbie naar de zwemtraining komt. Als de pijn nou maar iets minder was, zou ik er op dit moment tussenuit knijpen.

'Je reed recht op me af!' zegt hij lachend. Blijkbaar is hij in elk geval heel gebleven.

'Sorry,' zeg ik.

'Geeft niet!' zegt hij.

Die durft.

'Is Robbie er ook?' vraag ik en ik sta langzaam op. Het lijkt erop dat er niks gebroken of gekneusd is. Alleen mijn handpalmen zijn geschaafd. En hier en daar zal ik wel een paar blauwe plekken krijgen.

'Die komt straks nog,' zegt Matthis.

Vergis ik me nou of klinkt zijn stem opeens een beetje afwijzend?

'Zal ik je naar de bank langs de kant brengen?' vraagt hij dan.

Ik wil mijn hoofd al schudden, maar mijn knieën zijn zo wiebelig dat ik zijn aanbod aanneem. Melle is nog steeds nergens te bekennen. Waar is die nou heen? Matthis laat zich naast me op de bank zakken, maar ik stuur hem weg. Eerst wil hij niet gaan, maar ik bedank hem duizendmaal voor zijn hulp, verontschuldig me een heleboel keer dat ik tegen hem aan gereden ben en ben de vriendelijkheid zelve. Dan stuur ik hem eindelijk weer de baan op. Ik wil gewoon niet dat Melle hem hier ziet. Dat denkt ze natuurlijk: waar Matthis is, kan Robbie niet ver zijn en dat is op het moment het laatste wat ik kan gebruiken.

Ze komt eraan gereden met een flesje cola in haar hand en grijnst. 'Ha, hier ben je!'

'Jazeker, en waar was jij?' Ik kreun als een zwaargewonde die bijna het loodje legt.

'Wat is er?' vraagt ze geschrokken.

'Ben gevallen!' Het trillen van mijn stem is zowaar echt. Super. 'Alles doet zeer.' Ik laat mijn geschaafde handen zien en wijs heel zielig op verschillende plekken van mijn lichaam.

'Moet ik een dokter roepen? Of iemand van de schaatsbaan?'

'Nee, laat maar,' zeg ik zwakjes. 'Ik wil het liefste naar huis. Ik vind het wel genoeg voor vandaag.'

'Ik ga mee!' roept Melle meteen zonder aarzelen.

Ik voel me vreselijk ongemakkelijk. Ik probeer uit mijn ooghoeken in de gaten te houden waar Matthis nu rondrijdt, maar ik kan hem niet ontdekken.

Pas als we met onze inlineskates over onze schouder bij de uitgang staan, zie ik hem in het achterste deel van de hal. Hij zwaait naar me en ik zwaai stiekem terug. Melle heeft niets gemerkt. Mooi zo! We gaan door het draaihek naar buiten. Aan de andere kant lopen Laura, Nicole en Sandra net in ganzenpas naar binnen.

'Hoi!' roept Melle en op dat moment zie ik Robbie van de bushalte naar de schaatsbaan lopen.

'Hoi,' zeg ik ook en ik kreun nog een keer heel zielig.

Melle steekt haar arm door de mijne en neemt me mee naar buiten. Robbie is nergens meer te bekennen. Wat een geluk! Ik geloof dat Melle hem niet gezien heeft, anders had ze vast iets gezegd.

Luise is gelukkig thuis. Ze zet thee voor ons, verzorgt mijn geschaafde handen en geeft me arnica tegen de kneuzingen. Ik heb zelfs een schram op mijn wang die ik tot nu toe nog niet eens had opgemerkt. Het was een goed idee om naar huis te gaan, niet alleen vanwege Robbie. We zitten aan de keukentafel en het is heel gezellig, tot Luise naar achteren leunt in haar stoel en (ik weet al precies wat er komt) begint met haar 'Toen ik zo oud was als jij…'

Melle hoort alles geduldig aan en wanneer Luise over die René vertelt op wie ze destijds zo verschrikkelijk verliefd was, wil Melle alles heel precies weten. Ze giechelt en Luise is helemaal blij dat eindelijk iemand enthousiast naar haar verhaal luistert.

Ik roer in mijn thee en tel de kandijklontjes op de bodem van mijn kopje. 'Melle en ik hebben besloten om nooit verliefd te worden!' zeg ik hard en duidelijk.

De twee wisselen een blik.

'Wij hebben andere plannen, toch Melle?' vraag ik.

Melle knikt, schraapt haar keel en vertelt dan over ons huis in Bretagne.

'Precies!' zeg ik. 'Jongens zouden ons daar alleen maar storen.' Ik kijk Luise daarbij niet aan. Ik weet zo ook wel dat ze geamuseerd grijnst. Waarom denken volwassenen toch altijd dat ze alles beter weten?

Luise verandert van onderwerp en begint over een

feest dat ze met ons wil vieren wanneer ik voor het eerst ongesteld word. Ze vertelt over oeroude culturen die de maangodin vereerden en voor wie vrouwen die menstrueerden heilig waren of zo. O nee, er blijft mij ook niets bespaard. Ik werp Melle blikken toe die moeten overbrengen dat ze dit alsjeblieft heel belachelijk moet vinden. Maar ze zegt niets wat daarop wijst.

'Wanneer word je eigenlijk op z'n laatst voor het eerst ongesteld?' vraag ik en ik hoop dat het bij mij nog minstens twintig jaar duurt.

Melle

Ik heb hem gezien! Robbie! Ik liep net met Georgie de schaatsbaan uit. Zij was heel erg gevallen, arm kind. Daarom zijn we veel eerder weggegaan dan we van plan waren. We gingen net naar buiten toen hij van de bushalte aan kwam lopen. Heel nonchalant. Met zijn inlineskates over zijn schouder, alsof ze niets wogen. Ik deed net alsof ik hem niet zag. Mijn knieën waren gewoon te bibberig. Ik wilde echt niet dat iemand dat zou merken. Georgie zag hem schijnbaar ook niet. Is maar beter ook. Maar wie hem ongetwijfeld wel gezien hebben, waren Nicole, Laura en Sandra. Die liepen juist door het draaihek naar binnen toen wij naar buiten gingen. Echt balen! Nicole zag eruit als een sprookjeskoningin met haar lange krulhaar. Ze had ook nog een nieuwe broek aan, zo'n hele strakke met een glitterriem, en een roze ribbeltjestrui waardoor je precies haar borsten kon zien. Cupmaat 70A. Echt wel. Als ik naar mijn blonde piekhaar kijk en het vergelijk met Nicoles haren, en me dan ook nog mijn figuur naast dat van haar voorstel, is het voor elke sukkel duidelijk dat ik bij Robbie geen enkele kans maak. Toch?

Ik ga naar de badkamer en draai de deur op slot. De grote lamp aan het plafond doe ik uit; die is altijd zo fel. Bij dat licht ziet iedereen er als een zombie uit. De lampen om de spiegel, die uit een theaterkleedkamer lijken te komen, bevallen me een stuk beter. Ik pak de handspiegel en bekijk mijn kapsel van alle kanten. Mijn haren zijn al een stukje langer geworden, maar het is nog lang niet genoeg om er echt goed uit te zien. Ze moeten nog minstens tien centimeter groeien, zodat ze in elk geval tot op mijn schouders vallen. Nou ja, liever nog twintig. En de kleur? Hm… Een heel normale kleur blond eigenlijk. Gewoon blond, niets meer, niets minder. Wat mist is die gouden glans die Nicoles haren hebben. Nicole, altijd maar Nicole! Ik ben toch ook iemand? Toch? Hoe kom ik er nou achter wie van ons tweeën Robbie aardiger vindt?

Aardig? Pfff! Sinds wanneer gaat het om aardig? Het stomme is: wie zou er nou geïnteresseerd zijn in wie ik ben als ik er zo beroerd uitzie? Het babyvet in mijn gezicht zit er nog steeds. Vanaf nu geen chocolade meer. En geen friet natuurlijk, en alles waarvan je dik wordt. Alleen mag mama het niet merken. Ik wil niet dat ze denkt dat ik op dezelfde toer ga als zij. Bij mij gaat het echt alleen maar om dat hele kleine beetje dat me stoort. Hier in mijn gezicht en rond mijn buik. Misschien kan mijn achterwerk ook een fractie dunner worden. Als ik dat voor elkaar gekregen heb, doe ik gelijk weer normaal. Tuurlijk! Het is gewoon even een noodgeval. Ik trek mijn shirt uit en het korte topje bij wijze van bh daaronder. Katoen, grijsblauw gemêleerd en met een ribbeltjespatroon. O nee, in de spiegel kan ik het helemaal niet goed zien. Ik ruim het bankje naast de badkuip leeg waarop mama al haar badspulletjes en bodylotions heeft staan. Ik schuif het voor de wasbak en klim erop. Ik draai me opzij. Wauw! Wat ik daar zie, past echt wel in cupmaat 70A. Misschien heb ik zelfs al de volgende maat nodig? In elk geval kan ik hiermee de vergelijking met Nicole doorstaan. Ik spring van het krukje, kleed me weer aan en ga op zoek naar mama.

Mama is helemaal enthousiast. Blijkbaar wacht ze al een eeuwigheid tot ik haar eindelijk vraag om met mij een bh te gaan kopen. Eén keer heeft ze er uit zichzelf wat over gezegd, maar toen reageerde ik nogal chagrijnig.

'We gaan maandag meteen naar de stad,' roept ze opgewonden. 'Misschien kunnen we Georgie ook mee-nemen? Wat vind jij?'

Hè? Wat is er nou aan de hand? Vroeger zou ik met-een enthousiast 'Ja!' hebben gebruld. Maar nu weet ik eigenlijk niet of ik haar er wel bij wil hebben. 'Ik geloof dat ik het leuker vind om het met z'n tweeën te doen,' zeg ik zacht.

Mama pakt me bij mijn arm. Ze straalt. 'Dan maken we er maandag een echt vrouwendagje van!'

'Oké,' zeg ik en ik glimlach zo hard ik kan. Wat je allemaal niet doet...

Bij het avondeten vertelt mama over ons plan.

Papa grijnst en kietelt me onder mijn kin. 'Mijn kleine Melanie! Ze wordt langzaam volwassen.'

'Volwassen? Zij?' joelt Sebastian en hij zwaait met zijn mes in mijn richting. 'Als die volwassen is, ben ik een kerstboomengeltje met straalaandrijving.'

Mama zegt dat Sebastian netter moet eten. Papa zegt dat hij niet zo moet schreeuwen, en al helemaal niet met volle mond. En ik luister niet eens goed. Mijn ge-dachten zijn bij Robbie. Zijn krullen. Zijn kuiltjes. Zijn nonchalante loopje. Van Robbie dwalen mijn gedach-ten meteen naar Nicole. Zo ingewikkeld! En van Nico-le naar Georgie. Ik huiver even. Heeft Georgie ooit wel eens een geheim voor mij gehad? Ik geloof van niet. Ik schuif mijn boterham over mijn bord heen en weer. Er valt een schijfje komkommer af.

'Heb je geen honger?' vraagt mama.

Ik schud mijn hoofd. Dag, babyvet!

Op zondagmorgen gaan papa en mama samen hardlopen. Sebastian is bij zijn vriend Paul en ik moet eigenlijk wiskunde leren. Het is grijs buiten. Voor het raam hupt een mees in de lijsterbes. Ik kleur de hokjes in mijn schrift roze. Daarna teken ik in elk tweede hokje een hartje. R.O.B.B.I.E. schrijf ik ertussen. Als Georgie dat ziet… Ik verfrommel het blaadje en gooi het in de prullenmand. Zou mijn haar vannacht gegroeid zijn? Ik ga naar de badkamer.

Hoe dom kun je zijn? Natuurlijk zien mijn haren er precies zo uit als gisteren. Alhoewel… ik zou ze nog eens kunnen wassen. Ik gebruik mama's loeidure volumeshampoo en smeer er daarna nog wat van de haarkuur in die je niet hoeft uit te wassen. Bij het föhnen vallen me opeens mijn saaie wimpers op. Nicole draagt elke dag mascara. Waar bewaart mama eigenlijk haar make-up? O ja, in het kleine ladekastje naast de spiegel. Volumemascara! Ik draai het flesje open en trek het vettige borsteltje eruit. En nu? Georgie en ik hebben eigenlijk nooit met make-up gespeeld zoals andere meisjes. Ik doe het net zo als ik het in de reclame en bij mama gezien heb. Ogen wijd open en hupsakee. Hoeveel mensen zouden er al blind geraakt zijn doordat ze met dat ding in hun oog geprikt hebben? Aha! Je moet in elk geval niet al te hard duwen. Door het borsteltje kletsen de wimpers tegen het bovenste ooglid en blijft er een zwarte klont achter. Ik was alles er weer af en probeer het nog een keer. Het gaat al beter. Ik borstel erop los. Gek! Bij mama ziet het er nooit zo klonterig uit. Nog een keer afwassen dus en van voren af aan beginnen. Zo is het goed. Maar de huid rond mijn ogen ziet er door al het wassen inmiddels nogal rood uit. Ik pak de tube vloeibare make-up, knijp er een handvol lichtbeige spul uit en verdeel het over mijn gezicht. Het rode is verdwenen, maar nu zie ik er een beetje bleek uit. In het laatje ligt ook nog een doosje rouge. Mama brengt dat altijd aan met zo'n grote poederkwast. Omdat ik nu toch bezig ben, pak ik ook de felrode lippenstift van Chanel. Wauw! Melle Barofsky is compleet onherkenbaar.

Beneden hoor ik de voordeur slaan. Mama en papa zijn weer thuis. Snel ren ik naar mijn kamer en wijd me weer helemaal aan mijn wiskundehuiswerk. Dat is nogal lastig. Maar het zou toch wat moois zijn als ik die onzin niet zou kunnen begrijpen.

Ik weet niet hoe lang ik gewerkt heb als de bel gaat. Ik rek me uit en spring de trap af om de deur open te doen. Buiten staat Georgie, die me verbijsterd aankijkt. Ben ik een marsmannetje of zo? Dan schiet me te binnen dat ik nog steeds al die rotzooi op mijn gezicht heb.

'Wat zie jij eruit?!' zegt Georgie en ze kijkt daarbij zo kwaad, alsof ze me elk moment kan verslinden.

'Ik heb gewoon een beetje lopen klooien.' Ik word rood, maar dat zie je met al die make-up vast niet.

'Lopen klooien, hè?' zegt Georgie. Haar ogen zijn twee smalle spleetjes. 'Ik geloof eerder dat je nou eindelijk toch een van Nicoles tutjes wilt worden. Dat merk ik toch al de hele tijd.'

'Maar…' zeg ik.

'Ach, hou toch je mond!' sist Georgie. 'Wat wij met elkaar hebben afgesproken kan jou inmiddels toch geen reet meer schelen!'

Zo is het wel genoeg. Ik voel de woede in me omhoog stijgen. Wat heb ik nou eigenlijk helemaal gedaan? 'Ik ben niet jouw eigendom of zo!' schreeuw ik, veel luider dan ik eigenlijk wil. 'Je schrijft me de hele tijd alleen maar de wet voor. Daar heb ik zo langzamerhand genoeg van.' Mijn stem klinkt schril in mijn oren.

'Dan kan ik maar beter gaan!' Georgie draait zich op de drempel om, met één sprong is ze de treden af en dan gaat ze er met grote stappen vandoor.

'Georgie!' roep ik. Maar mijn keel is te droog. Ze hoort me niet. Ik ga haar niet achterna en ze loopt steeds verder weg de straat door. Van achteren ziet ze er veel kleiner uit dan van voren. Mijn Georgie met haar bruine korte koppie en dat loopje dat er altijd een beetje uitziet alsof kap'tein Blauwbeer, van die tekenfilmserie, op weg is naar een nieuw avontuur.

'Wat sta jij nou in de deuropening?' Mijn monsterbroer is terug. 'Gedoe met Georgie?' vraagt hij en hij kijkt me geïnteresseerd aan. 'Geen wonder. Bij het zien van die oorlogskleuren zou iedereen hard wegrennen,' brult hij en hij lacht zich bijna kapot.

Ik gooi de voordeur dicht. Sebastian staat nog buiten. Als hij weer eens zijn huissleutel vergeten heeft:

dikke pech! Ik doe in elk geval niet meer open. In de badkamer was ik de make-up van mijn gezicht en steek mijn tong uit naar mijn spiegelbeeld.

Georgie

Vet balen! Waarom moest ik nou weer zo doordraaien? Ik wil Melle niet kwijt en gedraag me precies zo dat het eigenlijk op niets anders kan uitlopen. Maar waarom moest ze zichzelf ook zo opverven? En waarom moest ze dan ook nog rood worden en eruitzien als een betrapte koekjesdief? Ik schop elke kiezel en elke dennenappel die op mijn weg ligt in een grote boog over straat. Als iemand me nu in de weg loopt... dan... Wat dan? Ach, geen idee!

Melle

Ik denk aan Georgie en voel me meteen alsof er een steen op de bodem van mijn maag ligt. Ik denk aan Robbie en de steen verandert in een hoop wild geworden mieren. Robbie! Georgie! Georgie! Robbie! Dat houdt toch geen mens uit! Ik pak mijn jas en mijn MP3-speler en ga naar buiten. Het is nog steeds grijs, dus de enige mensen die ik tegenkom zijn types die hun hond moeten uitlaten en de echt fanatieke hardlopers. Ik loop gewoon maar een eind weg. Uit mijn koptelefoon dreunt: 'Octopus's Garden' en daarna 'Yellow Submarine' van de Beatles. Op een gegeven moment sta ik opeens naast de grote vijver in het stadspark. Het is eigenlijk te koud om op het bankje te gaan zitten. Boeie! Ik stop mijn handen diep in mijn zakken en zet de muziek nog wat harder. Ik ben de enige hier. Er dobberen alleen wat eendjes op het water. Uit mijn ooghoeken zie ik iemand met een grote witte hond over het pad langs de oever lopen. Hopelijk is die zo weer weg. Ik wil alleen zijn. Ik knijp mijn ogen dicht en hoop dat hij voorbij is voor ik ze weer opendoe. Zevenennegentig, achtennegentig, negenennegentig, honderd. Ogen open! Mooi zo! Niemand meer te zien.

Ik strek mijn arm uit over de rugleuning van het bankje. Ik heb de bank lekker helemaal voor mezelf. Maar wat is dat? Ik voel iets zachts, krimp in elkaar en draai me opzij. Daar zit, met de grote witte hond naast zich… Robbie! Van schrik verandert mijn maag in een klomp ijs.

'Wat doe jij nou hier?' vraag ik. Iets beters schiet me zo snel niet te binnen.

Robbie beweegt zijn lippen maar hij zegt niets. Of

toch? Ik trek de oordopjes uit mijn oren. Raak bijna verstrikt in de snoertjes. Waarom moet ik me nou weer zo idioot aanstellen?

'Hallo Melanie!' zegt Robbie onnodig hard. 'Versta je me nu? Ik laat meneer Lehmann uit.'

'Ha ha! Meneer Lehmann, is dat de hond?' Mijn lach klinkt alsof hij van iemand anders is.

Robbie knikt. 'Het is de hond van mijn oma. Ik laat hem op zondag soms uit. En wat doe jij hier?' Hij doet net alsof ik me niet als een ongelooflijke sukkel gedraag.

'Ik wilde alleen zijn.' Eindelijk heeft mijn stem zijn normale toonhoogte weer gevonden.

'O, zal ik dan maar gaan?'

'Nee,' zeg ik snel. Te snel, natuurlijk. En daarom sla ik nu een overdreven verveelde toon aan. 'Nee joh, blijf gewoon. Is oké! Ik wilde alleen even niemand van mijn familie zien.'

'Snap ik,' zegt Robbie. 'Af en toe is die van mij ook zo irritant.'

Ik knik begrijpend en staar dan zwijgend uit over de vijver. Ik kan ook cool zijn. Gelukkig! 'Kom je hier vaker?' vraag ik.

'Soms op zondag,' zegt hij. 'Maar ik heb jou hier nog nooit eerder gezien.'

'Ik heb niet zo veel tijd,' zeg ik.

'Ik vind je haar leuk,' zegt hij.

'Doe niet zo raar!'

'Echt! Ik hou van blond.' Dan pakt hij een lok van

mijn haar en draait die om zijn wijsvinger. 'Wat zacht,' zegt hij.

Mij schiet met de beste wil van de wereld niets intelligents te binnen. Het liefste zou ik ook een van zijn krullen beetpakken. Maar mijn vingers zijn zo stijf alsof we hier in Siberië zitten bij min dertig.

'Dat komt door de haarkuur van mama.' O nee, dat heb ik niet gezegd. Zoiets superdoms! De haarkuur van máma!

Robbie schuift nog iets dichterbij. 'Ruikt ook lekker.'

Deze keer glimlach ik alleen maar. Dat is ook maar beter. We blijven nog vijf minuten zo zitten en kletsen wat. Over de zwemclub en over school. Robbie zit op scholengemeenschap Erich Kästner. Super! Weet ik dat tenminste ook.

Dan fluit hij naar meneer Lehmann. 'Mijn oma wacht,' zegt hij en een moment later is hij vertrokken.

Ik blijf nog even zitten. In mijn buik breidt zich een warm gevoel als een vriendelijk zonnetje uit. Robbie! Volgens mij vindt hij me echt leuk. Toch? O man, kan iemand alsjeblieft die twijfel uitschakelen? Ik sta op en ga naar huis. Mijn passen zijn ongewoon licht en de muziek op mijn MP3 klinkt lang niet meer zo somber.

Georgie

Wat moet ik verder nou doen op deze half voorbije zondag? Ik heb al twee keer geprobeerd om Melle te bellen, maar bij de Barofsky's neemt niemand op. Het wordt hoog tijd dat we alle twee een mobieltje krijgen. Zo gaat het niet langer. In een noodgeval moet ik Melle kunnen bereiken. Dit is een noodgeval. En wat voor een. Ik moet haar dringend spreken.

Walter en Luise willen naar een openluchtvoorstelling. Een of ander muziekfestival. Voor ik de hele middag hier rondhang en uiteindelijk doordraai, ga ik maar liever mee. Eigenlijk is het veel te koud voor een voorstelling in de openlucht. Maar Walter en Luise zijn dat gewend. Luise trekt haar poncho van echte wol uit de Andes aan en Walter draagt zijn gevoerde leren jas en de vilthoed met de brede rand.

'Jullie zien eruit alsof jullie schapen gaan hoeden,' zeg ik.

'Dat is ons beroep!' zegt Walter. 'Wat zijn leraren anders dan de schapenhoeders van de moderne tijd?'

Heel grappig. Ik probeer te blaten, maar het klinkt meer als een roestige trompet.

We zijn nog maar nauwelijks op het festivalterrein of die twee komen voortdurend allerlei bekenden tegen. Het is ook altijd hetzelfde. Was ik nou maar thuisgebleven. Op het podium speelt een trommel-combo uit Senegal. Die bevriezen waarschijnlijk in hun dunne kleren.

Luise en Walter vallen alweer iemand anders om de hals. Ik mompel iets onverstaanbaars en maak me uit de voeten. Anders spreken we bij dit soort gelegenheden altijd een bepaald punt af om elkaar weer terug te kunnen vinden. Maar ik ben geen klein kind meer. Achter op het festivalterrein is een soort markt. Langzaam loop ik langs de kraampjes. Er is houtsnijwerk uit Afrika, zelfgebouwde muziekinstrumenten, een kraam met didgeridoos, kleren uit India, Mexico, Peru en een heleboel andere landen, zelfgemaakte zeepjes van olijfolie, sieraden van glazen kralen of van vilt en een heleboel kraampjes met etenswaren. Het ruikt naar Thaise kruiden, brood gebakken in een houtoven, gegrilde vis en... en... en... Het water loopt me in de mond. Man, wat heb ik een honger. Ik controleer hoeveel zakgeld ik nog heb. Ha! Ik heb meer dan genoeg voor een crêpe met tomaten en kaas, en met een beetje geluk krijg ik het geld later weer terug van Walter en Luise. De wagen van waaruit de crêpes verkocht worden ziet er grappig uit. Als een oosters sprookjespaleis. Met kleurige torentjes van karton en overal scherven spiegelglas. Melle zou het ook mooi vinden.

'Een met tomaat en kaas,' zeg ik en ik zoek in mijn geldbuideltje.

'Hé, Georgie!' zegt iemand.

Ik draai me om.

'Hierboven,' zegt de persoon. Achter de hete plaat waarop de crêpes gebakken worden, staat Matthis.

'Hé!' zeg ik en kan nog net het 'Wat doe jij hier?' inslikken.

'Dit is van mijn ouders,' legt hij uit en hij maakt een uitnodigend armgebaar in de rondte. 'Kleine bijverdienste.' Dan trekt hij een vies gezicht. 'Hun hoofdberoep is leraar.'

'Van de mijne ook!' roep ik. 'Duits, geschiedenis en kunst.'

Met handige bewegingen verdeelt Matthis kaas en stukjes tomaat over de crêpe. Dan klapt hij het geheel dubbel en laat het in een papieren zakje glijden. 'Laat maar, joh,' zegt hij als ik hem het geld wil geven. 'Cadeautje van de familie Buchwald.'

'Dank je wel.'

'Mijn ouders zitten in het volwassenenonderwijs. Daar zijn niet altijd opdrachten, dus vandaar dit hier.' Hij houdt een zak meel en een garde omhoog.

Een man met roodblonde krullen en een metalen brilletje komt van achteren de wagen in geklommen.

'Dat werd tijd!' zegt Matthis. 'Jullie hebben me voor vandaag wel genoeg slavenarbeid laten doen.' En tegen mij: 'Mijn vader.'

'Georgie,' stel ik mezelf voor. 'We kennen elkaar van de zwemclub.'

'Ik heet Klaus, Klaus Buchwald.' Matthis' vader doet

een schort voor en zegt: 'Je mag die arme slaaf nu wel meenemen als je wilt. Maak er een leuke middag van.' Hij geeft Matthis twee flesjes biologisch appelsap. 'Nou, opdonderen dan!' zegt hij grijnzend.

Matthis klautert de wagen uit en geeft mij een van de flesjes sap. Lekker dan! Heb ik hem natuurlijk de rest van de middag achter me aan. Dat zou nog helemaal niet zo erg zijn, als hij me niet voortdurend aan Robbie en daardoor ook aan Melle en onze ruzie zou herinneren.

Ach, Melle! Wat zou die nu aan het doen zijn?

'Waar is Robbie eigenlijk?' vraag ik.

'Robbie, altijd maar Robbie!' Matthis ziet er opeens helemaal niet meer vriendelijk uit. 'Ik functioneer ook als individu, hoor, of kun je je dat niet voorstellen?' Onder zijn roodbruine haren fronst hij zijn voorhoofd.

'Ik heb helemaal niets met Robbie!' zeg ik snel. 'Ik dacht alleen, omdat jullie anders altijd met zijn tweeën zijn…' Hoezo ben ik hem eigenlijk verantwoording verschuldigd? Dat gaat hem toch helemaal geen bal aan. Ik zwijg nors. Heb ik hem soms uitgenodigd om met mij hier rond te slenteren? Nou ja!

'Is al goed!' Hij grijnst verontschuldigend. 'Als het om Robbie gaat, zijn alle meisjes de laatste tijd niet goed wijs. Schijnbaar ziet hij er vreselijk goed uit. Dat is nogal irritant op den duur, ook al is hij mijn vriend.'

Ik weet helemaal niet of ik dit wel zo precies wil weten. Snel verander ik van onderwerp. 'Zijn jullie elk jaar hier met jullie crêpewagen?' vraag ik.

Matthis knikt. 'Sinds drie jaar. We rijden alle festivals

hier in de buurt af. In de zomer zijn we bijna elk week-end onderweg.'

'Cool!' Dat lijkt me echt leuk. Best avontuurlijk.

'Gaat wel,' zegt Matthis. 'Soms blijf ik liever gewoon thuis.'

Bij een kraampje waar ze idioot beschilderde aarde-werken potten en dierfiguren verkopen, blijven we even staan.

'Waarom heet jij eigenlijk Georgie?'

Ik verbaas mezelf door hem het hele verhaal te vertellen, dat tot nu toe alleen Melle kent. Dat ik op 15 juni geboren ben, dezelfde datum als de schrijfster George Sand, die Luise geweldig vindt en die een man-nennaam voor zichzelf bedacht had om te zorgen dat men haar boeken las. Matthis kijkt me vragend aan.

'Dat was in de negentiende eeuw,' leg ik uit.

'O, vandaar,' zegt Matthis.

'Nou ja, in elk geval wilde Luise dat ik ook George ging heten. Zjorzje zeg je, niet Dzjortsj. George Sander. Grappig, hè?' Ik trek een gek gezicht. 'Maar de amb-tenaar bij het gemeentehuis was ertegen, dus hebben ze er Georgina van gemaakt.'

'Klinkt nogal gestoord.' Matthis neemt een slok ap-pelsap.

'Jij kent mijn ouders niet,' zeg ik.

Op het podium speelt intussen een groep uit Nieuw-Zee-land. Als ik het goed versta, gaan hun teksten over de zee en haar bewoners. Ach, Melle! Bij een kraampje koop ik een zeepaardje van zeep voor haar. Ik heb gevraagd of ze ook zeekomkommers hadden, maar nee, helaas niet.

Matthis draaft de hele tijd met me mee. Nou ja, moet hij weten. Het stoort me niet bijzonder.

Wanneer we weer in de buurt van de crêpewagen komen, zie ik Luise.

Ze rent op me af. 'Georgie!' roept ze. 'Waar was je nou? We zoeken je al de hele tijd.'

Ik wil juist iets zeggen, als ze Matthis' vader achter de toonbank ontdekt.

'Klaus!' schreeuwt ze opgewonden. 'Het is niet waar! Hoe lang hebben wij elkaar niet gezien?'

Meneer Buchwald komt uit zijn wagen gesprongen en valt Luise om de hals.

'Ik had het kunnen weten,' zeg ik kreunend.

Matthis grijnst. 'Het ziet ernaar uit dat wij heel in de verte kennissen van elkaar zijn!'

'Heel grappig,' brom ik.

Melle

Georgie was hier. Ze had een zeepje in de vorm van een zeepaardje voor me meegenomen. En ze heeft haar excuses gemaakt. Ik was er blij om. Echt! Maar voor mijn gevoel is onze ruzie van vanochtend al een eeuw geleden. Ik haal een van mama's romantische cd's uit de woonkamer en ga veel vroeger naar bed dan anders. Het avondeten sla ik over.

'Ik heb hoofdpijn,' zeg ik tegen Sebastian wanneer hij me komt halen voor het eten. Stom, nou komt mama natuurlijk meteen naar boven om voor me te zorgen.

'Can you feel the love tonight...' Wie zingt dat? O ja, Elton John. Wat weet zo'n opa nou van de liefde? Wanneer mama mijn kamer binnen komt, doe ik alsof ik slaap. Kun je eigenlijk wensen waarvan je wilt dromen? Ik probeer het gewoon.

Georgie

Melle is niet meer boos. Man, wat ben ik opgelucht. Ik mag me echt nooit meer zo belachelijk gedragen als vanochtend. Dat neem ik me heel stellig voor. Ik ben zo blij dat ik tijdens het avondeten rustig alle oude verhalen van mijn ouders aanhoor. Ze zijn helemaal opgewonden dat ze 'Klaus' weer zijn tegengekomen. Klaus, de vader van Matthis dus, woonde vroeger in een woongroep in de Goebelstraat. De woongroep van Walter en Luise was met die groep bevriend. Grote feesten vierden ze altijd samen en soms nodigde de ene woongroep de andere uit om te komen eten. En met de vredesdemonstratie in Bonn hadden ze met nog een stel anderen een busje gehuurd. Walter en Luise komen bijna niet meer bij van de opwinding. Klaus was destijds de vriend van ene Susanne. Zou dat de moeder van Matthis zijn? Dat moet ik hem als ik hem zie nog maar eens vragen.

Melle heb ik helemaal niet verteld dat ik hem ben tegengekomen. Dat zou haar alleen maar aan mister Germany Robbie hebben herinnerd.

Als ik er goed over nadenk, kan ik me helemaal niet voorstellen dat Melle hem echt leuk vindt. Waarschijnlijk heb ik het me allemaal alleen maar ingebeeld.

Melle

Vandaag is er weer zwemtraining. Eindelijk! Geen idee hoe ik de afgelopen dagen overleefd heb. Eén keer ben ik met de fiets langs de Erich Kästnerschool gereden. Daarbij voelde ik me totaal belachelijk.

Van mama's haarkuur is niet veel meer over. Voor vandaag is er nog net genoeg. Hopelijk koopt ze de volgende keer weer dezelfde soort. En hopelijk flipt ze niet als ze merkt dat iemand de fles heeft leeggemaakt. Niemand gelooft serieus dat papa dat gedaan heeft. En Sebastian? Hij al helemaal niet. O nee! Ik ben echt niet goed wijs. Eerst haarkuur gebruiken en uitgebreid mijn haar föhnen en vlak daarna kopje-onder duiken in het zwembad…

Ik trek een van mijn nieuwe bh's aan. 70A. Ha! Mama heeft ook nog een bikini voor me gekocht. Oranje met roze stippen. Ik doe hem samen met mijn badpak in mijn zwemtas. Maar ik geloof niet dat ik hem aantrek, want dan windt Georgie zich natuurlijk weer vreselijk op.

Een laatste blik in de spiegel op de gang. Melle Barofsky, je ziet er goed uit. Echt, serieus waar! In het voorbijgaan trek ik Sebastian zachtjes aan zijn haar. 'Dag, lief broertje van me!' roep ik.

De voordeur valt achter me in het slot en daar ga ik. Bij elke pas maak ik een klein huppeltje. Maar wat als Robbie er vandaag niet is? Ach, onzin! Dat kan gewoon niet. Ik wil het huppeltje erin houden omdat het er volgens mij heel nonchalant uitziet. Maar hoe dichter ik bij het zwembad kom, hoe moeilijker ik het vind. Op het laatst voel ik me net een dronken kangoeroe. Ik loop maar liever weer normaal.

Ik zie hem al vanuit de verte. Hij staat naast de ingang. Mijn hart slaat een slag over. En voor hem staat, natuurlijk, Nicole! Die had ik helemaal uit het plaatje gewist. Ik loop naar hen toe. Ga naast hen staan. 'Hé,' zeg ik.

'Hé.' Nicole kijkt me verveeld aan.

'Hé.' Robbie draait zich kort naar me om en praat dan verder met Nicole. Hij vertelt haar over een of ander supergaaf concert waar hij een keer geweest is.

Ik sta erbij en glimlach. Wat moet ik anders doen? Robbie vertelt verder. Nicole luistert en roept af en toe 'O!' of 'Cool!' en schudt daarbij voortdurend met haar krullen. Waar heeft ze die nou weer vandaan? Mijn glimlach voelt inmiddels aan als de belachelijke plastic grijns van een Playmobil-mannetje. Ik probeer ermee te stoppen, maar dat lukt niet. Als ik nu wegga, denken ze misschien dat ik beledigd ben, of jaloers of zoiets dergelijks. En dus blijf ik staan. Maar sinds wanneer heb je een cursus nodig om te leren staan? Het lijkt wel alsof ik het vandaag voor het allereerst doe.

Sandra en Laura komen eraan, giechelend zoals gewoonlijk. Nog nooit was ik zo blij om die twee te zien. Sandra plaagt Laura met haar nieuwe plaktattoo. Ze beweert dat het eruitziet als een naakte man, terwijl het een meisje aan het strand moet voorstellen. Laura giert van de lach, Sandra ook en ik lach mee. Hopelijk merkt Robbie hoe waanzinnig goed ik me vermaak.

Georgie

I k hou dit niet meer uit. Als ik niet wist dat daar mijn vriendin Melle stond, zou ik denken dat het iemand was die ik nooit eerder gezien heb. Sinds wanneer kan ze lachen om dat idiote gezwets van Laura en Sandra, en waarom doet ze dat zo hard dat zelfs hier mijn oren er bijna af vallen? Gelukkig komt Micha net om de hoek met de formulieren voor de volgende wedstrijd. Pit, Anke en Verena verdringen zich meteen om hem heen en ik dring mee. Het groepje naast de deur draai ik de rug toe. In mijn rug heb ik geen ogen, dus hoef ik die ellende niet meer aan te zien. Alleen mijn oren kan ik niet dichtstoppen. Jammer!

Melle

Ik wilde eigenlijk nog met Georgie naar de ijssalon gaan, maar ze had geen tijd. Moest nog Engels leren. Misschien moet ik dat ook weer eens doen, maar op het moment staat mijn hoofd daar helemaal niet naar. Ik weet sowieso niet wat ik moet denken. Eerst leek het net of Robbie zich niet eens herinnerde dat we elkaar zondag zijn tegengekomen en later dook hij twee keer vlak achter me op om me te kietelen. Twee keer! Met Nicole deed hij dat niet, dat zou ik wel gemerkt hebben. Hoewel Nicole vandaag wel weer het water in ging, ondanks haar nieuwe krullen. Die waren daarna namelijk foetsie. Maar Nicole ziet er ook met natte haren geweldig uit. En toch heeft Robbie mij wel gekieteld en haar niet.

Ik had best zin om hem terug te kietelen, maar dat durfde ik toch niet. En niet alleen maar omdat Georgie erbij was. Ik heb hem alleen één keer per ongeluk aangeraakt. Op zijn rug. Hij heeft een heel zachte huid. Op de een of andere manier zou je eerder denken dat jongens een beetje ruw aanvoelen, maar...

Vlak voor ons huis sla ik linksaf en ik rijd een omweg langs de rand van het bos. Ik kan echt nog niet naar huis gaan. Ik wil even met niemand praten. Wat zou Robbie nu doen? Hij was daarnet ineens heel snel verdwenen. Ook Nicole zocht naar hem, dat zag ik wel. Maar hij was al weg.

Georgie

'Hallo, kikkervisje!' zegt Luise wanneer ik de keuken binnen kom.

'Kun je niet eens ophouden met die onzin,' brom ik. 'Ik kan het echt niet meer aanhoren.' Trek in het avondeten heb ik ook niet. Nee, zelfs niet als het mijn lievelingseten is. Laat me toch allemaal met rust.

Melle

Midden in de nacht word ik wakker. Zo langzamerhand wordt het irritant dat ik alleen nog maar aan Robbie kan denken. Robbie tijdens het avondeten, Robbie bij het tanden poetsen, Robbie bij het inslapen en Robbie bij het wakker worden. Ik zou dat graag even kunnen uitzetten. Bijvoorbeeld als ik Georgie tegenkom. Zij merkt het altijd meteen als er wat aan de hand is. En wat moet ik dan zeggen? We hebben elkaar gezworen om nooit verliefd te worden. Zij houdt zich daaraan, dat weet ik zeker. En ik? Verraadster! Ik geef mijn pluchen dolfijn een stomp, maar die kan er natuurlijk ook niks aan doen. Echt niet!

Georgie

Tijdens het ontbijt kijkt Luise me heel vreemd aan. Oké, ik was gisteravond onuitstaanbaar. Ik geef haar een stomp in haar zij. 'Goeiemorgen, mama Kikker,' mompel ik en ik probeer een scheve grijns.

Luise haalt een hand door mijn haren. 'Goeiemorgen, kikkervisje.' Ze glimlacht naar me.

Ik kijk haar aan.

'Alles oké,' zegt ze.

Melle

Ben vanochtend helemaal niet uitgeslapen. Daarom ben ik blij dat Georgie vandaag ook niet veel zegt. Laura en Nicole zijn weer eens bezig over een van hun lievelingsonderwerpen. Niet de geweldige Guzzi, maar welk maandverband in geval van nood het beste is, of welk merk tampons. Georgie en ik grijnzen alleen maar vermoeid naar elkaar. We kunnen het echt niet meer aanhoren.

's Middags sleep ik me naar huis. Ergens is het eigenlijk wel een geluk dat Robbie op een andere school zit. Die zou anders meteen zien hoe beroerd ik er vandaag uitzie. Een zombie is er niets bij.

's Middags bel ik Georgie. Ik heb wel zin om een beetje met haar door de buurt te lopen. Maar ze is niet thuis.

Mama heeft een paar vriendinnen op de koffie uitgenodigd.

Sebastian pakt zijn doos met Lego en vertrekt naar een vriend. 'Dat geleuter bij de koffie, dat kan een man echt niet aanhoren,' zegt hij en hij laat de deur achter zich dichtvallen.

Ik trek hem weer open. 'Doe niet zo idioot!' roep ik hem achterna.

Hij lacht en steekt zijn tong naar me uit. 'Moet jij zeggen,' brult hij. 'Je bent pas twaalf en nou al verliefd!'

'Ik ben al bijna dertien!' brul ik terug.

'Hahaaa! Nu heb je het toegegeven. Verliehiefd, verliehiefd!' Met slingerende benen rent hij de straat door.

Hoe komt hij daar nou weer op? Ik heb toch helemaal niets laten merken. Kleine broertjes zouden verboden moeten worden. Echt!

Mama heeft de wereldberoemde Barofsky-notentaart gebakken (een recept van oma) en ook nog een heleboel megalekkere marsepeinmuffins. Haar vriendinnen zitten rond de koffietafel en laten elke keer weer een piepklein stukje voor zich afsnijden en roepen dan: 'Maar dit is echt het allerlaatste stukje!' Daarbij giechelen ze als een idioot en vertellen verder over wat ze allemaal doen om af te vallen. Mama's oudste vriendin zweert op dit moment bij een peperduur sapje van aloë vera. Als je dat regelmatig inneemt, val je vanzelf af. En bovendien word je er megagezond van. Ruth en Sabine doen het soepdieet. Ik versta altijd snoepdieet en vraag me dan af of je daarbij lekker veel mag snoepen.

Het idiootste verhaal vertelt Marisa. Zij heeft een dieethoroscoop voor een heel jaar laten maken. Daarvoor moest ze haar geboorteplaats en geboortedatum en -tijdstip geven. Daarna rekenden ze dan uit wat ze wanneer mag eten. Voor elke dag van het jaar heeft ze nu een heel precies eetschema.

Wauw. Ik ben onder de indruk. 'En daar stond voor vandaag notentaart in?' vraag ik.

Maar Marisa geeft me geen antwoord.

Ik denk aan mijn nieuwe bikini en mijn babyvet en eet dus uit voorzichtigheid maar geen notentaart, en ook geen muffin. Wanneer ik aan Robbie denk, heb ik sowieso geen trek. Met al dat gekriebel in mijn maag is er geen plaats meer voor eten. Ach, Robbie! Opeens schiet me te binnen hoe hij me gisteren gekieteld heeft. O nee, nou word ik rood. Dat hoeft niemand te merken. Ik beweer dat ik nog iets voor school moet doen en ga ervandoor.

Op het kastje in de gang staat een tas met boodschappen; mama is bij Douglas geweest. Ze vindt het vast aardig als ik haar spulletjes voor haar opberg in de badkamer. De badolie met amandelextract zet ik naast het bad, anti-agingcrème in het laatje, wattenschijfjes naast de spiegel. En daar is ook een nieuw haarspulletje. 'Een revolutie in haarkleuring!' staat op de verpakking. 'Gouden accenten om zelf aan te brengen. Kinderlijk eenvoudig!' Gouden accenten. Hm, ik stel me mijn haar met gouden accenten voor. Nicole loopt ook voortdurend met haar haren te rotzooien. Waarom zou ik dat niet ook een keer doen? Als ik maar een heel klein beetje neem, merkt mama niet eens dat ik de verpakking al heb aangebroken.

Ik lees de gebruiksaanwijzing. Klinkt ingewikkeld. Maar er staat toch op dat het 'kinderlijk eenvoudig' is. Zo moeilijk kan het dus ook weer niet zijn. Je hoeft alleen maar twee vloeistoffen bij elkaar te doen. Laat ik het gewoon proberen. Ik neem van alle twee een heel klein beetje. O, oeps! Dat was misschien iets te veel. Dat krijg ik nooit weer terug in het flesje. Maakt niet uit. Als het moet, koop ik van mijn zakgeld voor mama een nieuwe verpakking. En dan: bijgevoegde plastic handschoenen gebruiken. Enkele plukken apart nemen en met de pasta bestrijken. Met aluminiumfolie omwikkelen. Wat?! Waar haal ik opeens aluminiumfolie vandaan? Met die zooi op mijn hoofd kan ik moeilijk naar de keuken gaan. Nou ja, dan moet het zo maar. Tien minuten laten inwerken. Balen! In de badkamer is geen klok. Maar tien minuten, dat kun je wel ongeveer op je gevoel afmeten.

Wat doe ik in de tussentijd? Mama scheert dan altijd haar benen. Zal ik dat ook eens proberen? Gewoon zomaar, om te zien hoe het gaat? Ik trek mijn broek uit en gooi die over de rand van de badkuip. Wat moet ik eigenlijk wegscheren? Als ik heel goed kijk, zie ik een heleboel piepkleine blonde haartjes. Eerlijk gezegd vind ik die wel mooi. Maar nu wil ik weten hoe het moet. Er is een of ander spul dat mama voor het scheren altijd op haar benen smeert. Gelukkig heb ik daarbij een keer staan kijken. Het was een spuitbus. Je moest erop drukken en dan kwam er zo'n roze worst uit. Op je huid ging het schuimen. Maar waar is dat ding? En waar is het scheermesje? Dat kan ik toch wel vinden, kom op! Aha! Daar is-ie al. Het schuim staat er vlak naast.

Het voelt nogal koud op mijn huid. Grappig, hoe dat schuim zich ophoopt en steeds dikker wordt. Nog een dotje en nog een en nog een… Dit moet ik een keer met Georgie doen. Die lacht zich kapot. Ik ruim het krukje leeg en bekijk mezelf in de spiegel. Ik zie eruit als een net geschoren schaap waarvan ze de poten vergeten zijn.

'Bèèèèèh,' doe ik. Ik pak het scheermesje en begin te scheren. Au! Ik dacht dat die dingen zo gemaakt waren dat je je er niet mee kon snijden. Rode bloeddruppels wellen op in het witte schuim.

'Hallo, Sneeuwwitje,' brom ik. 'Wit als sneeuw, rood als bloed. En ik ben zo zwartgallig als ebbenhout.'

Hopelijk hou ik er geen littekens aan over en hoef ik de volgende keer niet met een pleister te zwemmen.

Zal ik het nog een keer proberen? Heel voorzichtig zet ik het scheermesje tegen mijn huid. Deze keer gebeurt er niets. Maar volgens mij heeft het mijn huid ook niet eens geraakt. Nu een keer met volle concentratie! Het mesje glijdt over mijn huid. Je moet het heel recht houden. Baan na baan schraap ik het schuim van mijn been. Zijn die haartjes nu weg? Ik zie geen verschil. Ik schraap en schraap, maar er is steeds nog wel ergens een restje schuim. Wat een werk! Echt.

Klaar! Zouden die tien minuten nu al om zijn? Voor de zekerheid probeer ik eerst nog mama's nagellak uit. Op elke nagel een andere kleur. O nee! Dat moet natuurlijk drogen voor ik die zooi uit mijn haren kan wassen. Op een paar minuten meer of minder zal het wel niet aankomen. Ik zit op de rand van de badkuip en wiebel met mijn benen. Het duurt een eeuwigheid. Misschien kan ik het met de föhn een beetje versnellen?

Georgie

Het mooie weer buiten kan me gestolen worden. Op mijn bed met een dik kussen in mijn rug is toch de allerbeste plek ter wereld. Wilfried, mijn pluche walvis, balanceert op mijn knieën. Zou het in Bretagne ook zulk mooi weer zijn? Vast wel! Ik zie de zee met de blauwe hemel erboven zo voor me. Als ik mijn best doe, zie ik ook nog een meeuw en een grijs stenen huisje met blauwe raamkozijnen en lila en roze hortensia's ervoor. Op het strand ligt een knalrood geverfde roeiboot en op de golven verderop in het water vaart een zeilbootje. De wind waait en laat middelhoge golven op de oever spoelen.

Bah! Ik geef Wilfried een stomp op zijn neus. Alhoewel hij er niet veel aan kan doen dat mijn fantasie vandaag niet erg wil lukken. Anders hoef ik maar aan de blauwe zee te denken en heb ik meteen een goed humeur. Dan zie ik Melle en mijzelf in gele oliejassen langs het strand lopen. De wind heeft onze haren in de war gemaakt en onze rubberlaarzen laten sporen achter in het zand, die door de volgende golf alweer worden weggespoeld. Vandaag vind ik mijn fantasie meer lijken op een bierreclame. Ontzettend kitscherig en dom. De telefoon gaat: Luise klopt op mijn deur, maar ik ben er vandaag gewoon niet. Naar de bodem van de Atlantische Oceaan gedoken. Hallo, reuzeninktvis, leuk om kennis te maken.

Melle

Neeeee! Dit kan niet waar zijn. Hierbij helpt föhnen echt niet meer. Ik zie eruit als een opengebarsten verenkussen. De geverfde plukken zijn helemaal pluizig geworden. En de kleur... Nee! Nee! Nee! Dit kan ik echt niet aanzien. Ik ren met de handspiegel naar mijn kamer. Ik dacht dat het er bij daglicht misschien minder erg uit zou zien. Hoezo gouden accenten? Mijn haar is groen. Echt vreselijk groen. Alsof ik de vrouw van een meerman ben. Ach jee, van schrik ben ik zo bleek geworden dat ik eruitzie als een verdronken lijk. Wat moet ik doen? Ik word opeens misselijk.

Beneden hoor ik de voordeur. Sebastian is weer thuis. Ik smijt de deur van mijn kamer dicht en doe hem op slot. O help! Heb ik alle sporen in de badkamer wel opgeruimd? Snel wikkel ik een handdoek om mijn hoofd en sluip naar buiten. Rats, rats, ruim ik de badkamer op. Tussen mijn duim en wijsvinger hou ik de verpakking met haarverf omhoog. Ja hoor, zelfs een blinde merkt dat die al is aangebroken. En dan die plastic handschoenen. Die krijg ik toch nooit meer schoon. Waar was ik eigenlijk mee bezig? Ik wikkel alles in een handdoek. Voetstappen op de trap. Ik vlieg de gang door. De handdoek glijdt naar beneden. Nou en! *Klabam*, daar klapt mijn kamerdeur weer dicht. Sleutel omdraaien. Gered!

Gered? Niets of niemand kan mij nog redden. Hoe lang zou het duren voordat dat spul er weer uitgewassen is? En kan ik mezelf hier zo lang opsluiten? Ik heb nog een aangebroken flesje appelsap op mijn bureau staan en in de kast liggen twee chocolade paashazen. Hoe lang zou je daarop kunnen overleven? Pfff! Overleven! Wil ik dat eigenlijk wel?

Ik denk aan Robbie en aan hoe hij mijn haar om zijn wijsvinger wikkelde.

'Lekker zacht!' zei hij. Dat zal hij nooit meer zeggen. Alleen al omdat ik hem nooit meer zal tegenkomen. Nooit meer! En als ik hem wel tegenkom, val ik ter plekke dood neer.

Stomme handspiegel. Ik wil daar helemaal niet meer in kijken. Maar ik kan niet anders: elke keer weer pak ik hem in mijn hand. Dan doe ik het raam open en smijt hem met een grote boog de tuin in. Rinkeldekinkel! Een ruit van mama's groentekasje breekt in stukken. Ja, en? Ik kruip onder mijn dekbed en doe alsof ik dood ben. Maar een dode denkt vast niet allemaal zulke stomme dingen. Ik moet aan Georgie denken. Ik bijt zo hard ik kan in mijn kussen. Kon ik nou in elk geval maar huilen.

Georgie

Luise roept vanaf de gang dat ze met Walter boodschappen gaat doen. Wat mij betreft blijven ze zo lang mogelijk weg. Ik ben nog steeds op het duikstation en heb net een geurlamp met oceaangeur aangestoken. Weggekropen in mijn turkooisgroene plaid lees ik *Het eiland van de schildpadden*. Het gaat over een eiland in de Atlantische Oceaan waar elk jaar heel veel zeldzame reuzenschildpadden naartoe komen en over een groep zeebiologen die daar een onderzoeksstation heeft. Wat doe ik eigenlijk als Melle van gedachten verandert en niet meer met me mee wil? Ach, daar wil ik helemaal niet aan denken. Ze heeft het beloofd en daarmee uit!

Melle

Sebastian is nu al drie keer op mijn kamerdeur komen bonken. Blijkbaar moet ik naar beneden komen voor het eten. Ik verroer me niet, maar hij geeft niet op. Het klinkt intussen alsof hij het hele huis wil afbreken. Ik verroer me nog steeds niet. Ik ben er eigenlijk niet eens. Ik besta gewoon niet meer. Zo is het. Ik hoor papa op de gang op Sebastian mopperen. Ik hoor hem tegen de deur kloppen en 'Melanie!' roepen. Steeds weer: 'Meeelaaanieieie!'

Nu is ook mama's stem te horen. Ze scheldt. 'Doe nou eens open!' Haar stem klinkt een beetje schril. Dat hoor ik zelfs door het dikke dekbed heen dat ik tegen mijn oren aan druk. Ze rennen langs elkaar heen, kloppen op de deur, overleggen wat ze moeten doen. Papa rent de tuin in om te kijken of ik soms via het raam ontsnapt ben. Ze schreeuwen en smeken en gooien zich tegen de deur. Maar op de een of andere manier gaat dat mij allemaal niets aan. Langzaam wordt het daarbuiten stiller. Is maar beter ook.

Op een gegeven moment hoor ik een zacht 'pling!' Het klinkt alsof het uit een andere wereld komt. Dan hoor ik de reservesleutel draaien in het slot en daarna voetstappen die mijn bed naderen. Ik hou mijn adem in en knijp mijn ogen stijf dicht. Iemand trekt het dekbed weg. Een koude luchtvlaag strijkt over me heen. Zien ze dan niet dat ik er helemaal niet ben?

'Och, lieve schat!' Dat is mama's stem.

Ik boor mijn gezicht nog dieper in het kussen.

'Wat heb je nou gedaan?' vraagt ze ongelovig en ze gaat naast me op bed zitten.

Ik open mijn linkeroog een heel klein stukje en kijk haar aan.

Ze schudt me door elkaar. 'Melanie, zeg nou toch iets!'

Papa en Sebastian gaan naast mijn bed staan. Uit mijn ooghoeken zie ik hun benen.

'Er groeit gras op Melles kop!' brult Sebastian opgewonden.

Papa houdt een hand voor zijn mond. Dan ontdekt mama de opgerolde handdoek die op de grond ligt. Het is de mooie handdoek met roosjes die ze op haar verjaardag van Marisa heeft gekregen. Dat heb ik daarnet door alle opwinding niet gemerkt. Ze pakt hem op en de spullen die erin gerold zaten, vallen eruit.

'Ieieieks!' brult Sebastian en hij doet een sprong opzij wanneer de smerige plastic handschoenen naar hem toe rollen.

Mama staat daar maar met de handdoek in haar hand. Je ziet meteen dat die vlekken er nooit meer uit gaan. 'Och, mijn hemel!' zegt mama weer en nu begin ik te huilen.

Ik kan gewoon niet anders. De tranen stromen uit mijn ogen, alsof ze al een eeuwigheid staan te dringen tot ze naar buiten mogen. Ik huil en huil en kan er niet meer mee ophouden. De anderen zeggen iets, maar door al het gesnik kan ik ze niet verstaan. Mama veegt mijn gezicht af met de rozenhanddoek. Ze stuurt papa en Sebastian de kamer uit en blijft zelf naast me zitten. Er komen steeds weer nieuwe tranen. Ik beef er helemaal van.

Op een gegeven moment houdt de stroom op. Mijn hoofd is warm en doet zeer. Mijn neus voelt aan als een opgeblazen ballon. Mama legt een hand op mijn schouder.

'Die mooie rozen!' zeg ik, maar doordat mijn hele hoofd zo opgezwollen is, komt er geen geluid uit.

Mama pakt het flesje appelsap van mijn bureau en houdt het me voor. Het koele sap glijdt mijn keel in.

'Die mooie rozen!' zeg ik nog een keer.

'Ja, dat is wel zonde,' zegt mama, maar het klinkt niet al te boos. 'Wat heb jij je nou in hemelsnaam in je hoofd gehaald?' vraagt ze en daar beginnen die stomme tranen alweer te stromen.

'Ik wilde gouden accenten,' zeg ik huilend. 'Gouden accenten, dat staat op de verpakking. Ik wilde het gewoon een keertje proberen. Een heel klein beetje maar. Ik wilde de fles niet leegmaken, echt niet. En op de verpakking stond dat je het er tien minuten in moest laten zitten. En in de badkamer is geen klok en... boehoehoehoe!' De rest wordt overstemd door een nieuwe huilbui. 'Zo kan ik toch nooit meer de straat op, niet naar school en niet naar de zwemclub.' Het woord zwemclub geeft me de genadeslag. Volgens mij klink ik als een roedel dronken wolven.

'Het ziet er echt afschuwelijk uit,' zegt mama.

'Waaaaa!' jammer ik, alsof ik dat zelf niet allang wist.

'Wacht eventjes.' Mama loopt mijn kamer uit en terwijl ze weg is, kalmeer ik enigszins.

Alleen af en toe komt er nog een snik, die aanvoelt alsof ik de hik heb.

'Alles geregeld!' zegt mama als ze terugkomt. 'Ik heb voor morgenvroeg een afspraak bij Yvonne. Het was niet eenvoudig, maar ik heb tegen haar gezegd dat het om een noodgeval gaat.'

Ik kijk haar stomverbaasd aan.

'Ik schrijf wel een absentiebriefje,' gaat ze verder. 'Zo kun je echt niet naar school.'

'Wie is Yvonne?' vraag ik.

'Mijn kapster,' zegt mama.

Bij het avondeten eet ik zoals ik in geen tijden gedaan heb. Van lang huilen krijg je zo veel honger, dat je alles lekker vindt, ook al wilde je net nog doodgaan. Sebastian zegt niets meer over mijn groene haardos. Ik durf te wedden dat papa gedreigd heeft om zijn Lego-verzameling achter slot en grendel weg te bergen als hij ook maar iets laat horen.

Yvonnes Haar-Oase heet de kapsalon waar mama altijd naartoe gaat. Haar-Oase! Hoe depri ik ben, merk ik doordat ik niet eens op het idee kom om daar om te lachen. In de Haar-Oase is alles roze. Of wit. Of grijs. Alleen die drie kleuren zijn te zien. De kapsters dragen geen schort, maar roze shirts bij een grijze of witte broek. De stoelen zijn roze, de spiegels hebben zilvergrijze randen. De haarborstels zijn grijs, de föhns roze en de kammen weer grijs. Er staat zelfs een enorme bos roze en witte rozen bij de ingang. De enigen die een andere kleur hebben, zijn de klanten. Je zou ze het liefste naar huis sturen zodat ze zich even kunnen omkleden. Wanneer ik in de spiegel kijk, zie ik nog iets wat niet roze is. Snel knijp ik mijn ogen weer dicht. In deze omgeving is het groen op mijn hoofd nog slechter te verdragen.

'Goeie genade!' Yvonne plukt aan mijn haren.

Mama kijkt over de rand van haar tijdschrift onze kant op. 'Denk je dat je er nog wat van kunt maken?' vraagt ze.

Yvonne fronst haar voorhoofd. 'Lastig! Maar niet onmogelijk. Het beste zou natuurlijk een radicale knip-beurt zijn.'

Mijn gejammer komt helemaal vanzelf.

'Wat is er?' vraagt ze.

'Ik wilde het eigenlijk laten groeien,' fluister ik en opnieuw vullen mijn ogen zich met tranen.

Voor het eerst glimlacht Yvonne. Haar geverfde lip-pen reiken daarbij bijna van haar ene oor tot het an-dere. 'Nou, zullen we dan maar?' En tegen mama: 'Het hele programma?'

Mama knikt.

Ik heb geen idee hoeveel uur ik op die kappersstoel doorbreng. Drie verschillende vloeistoffen worden na elkaar over mijn hoofd verdeeld. Steeds met een ein-deloze inwerktijd onder een roze droogkap. Ik lees tijdschriften die ik nog nooit van mijn leven in han-den heb gehad. Ik blader en weet drie bladzijden la-ter al niet meer wie op wie verliefd is en wie van wie een kind gekregen heeft. Maar één ding weet ik heel zeker: ze hebben allemaal geweldige kapsels, geen enkele heeft er groen haar, zelfs niet die met punk-kleren aan.

Yvonne haalt de kap weg en gaat met de schaar aan de slag. Ik wil niet kijken. Ook als ze met de föhn bezig is, sluit ik mijn ogen en doe alsof het mij allemaal niets aangaat. In gedachten tel ik schaapjes of ik luister naar de gesprekken om me heen. Ik doe alles om maar niet aan mijn haar of aan Robbie te hoeven denken.

Yvonne prutst aan mijn kapmantel. Ze trekt hem aan de achterkant los, schudt de mantel uit en veegt met een dikke kwast over mijn nek. Nu moet ik toch langzaam mijn ogen opendoen. Ik probeer het voorzichtig met mijn linkeroog. Nee! Dat kan toch niet? Snel doe ik mijn andere oog ook open.

'Wauw!' fluister ik. Er is niets groens meer te zien. Integendeel. Mijn haren glanzen in een warme goudkleur. Niet te veel en niet te weinig. En hoe het geknipt is! Ik heb toch echt gemerkt dat Yvonne met een schaar bezig was. 'Heb je er iets aan vastgeplakt?' vraag ik. 'Ze lijken wel langer dan eerst.'

Yvonne glimlacht tevreden. 'Tja, als je het goed knipt, valt het gewoon beter, dus daardoor kan het lijken dat ze langer zijn geworden.'

'En de kleur?' fluister ik. 'Gaat die er weer uit? In het zwembad bijvoorbeeld?'

Yvonne schudt haar hoofd. 'Wees maar niet bang. Het is geverfd. Met een kleurspoeling waren we bij deze ramp niet ver gekomen.'

'Dank je wel!' zeg ik.

'Geen dank,' zegt Yvonne.

Ik sta op uit de stoel en heb het gevoel dat ik drie meter boven de vloer zweef.

Mama slaat haar krant dicht. Ze straalt. 'Om dit te vieren gaan we nu lekker met z'n tweeën ergens koffiedrinken.' Ze legt een arm om mijn schouder. 'Geen tegenspraak. Ik wil een beetje pronken met mijn knappe dochter!'

Waarom ik nu alweer moet huilen begrijp ik echt niet.

Georgie

Melle was vandaag niet op school en bij de Barofsky's thuis neemt niemand op als ik probeer te bellen. Hopelijk is er niets gebeurd. Had ik gisteren nou toch maar gebeld. Misschien had ze me wel nodig? Ik kan vanmiddag maar het beste even bij haar langsgaan.

Walter komt door de deur binnen lopen. Hij tilt een volle boodschappentas op de keukentafel. O ja! Er is vandaag markt. Zorgvuldig pakt Walter de groenten uit de tas, bouwt een piramide van appels op de fruitschaal, stalt de sla, tomaten en aubergine uit op de vensterbank alsof hij alles wil gaan schilderen. Daarbij fluit hij goedgehumeurd voor zich uit. Hij pakt een kookboek en haalt zijn leesbril uit zijn tas. Over de rand van zijn bril kijkt hij me aan. 'We krijgen vanavond bezoek!' zegt hij met een vrolijke grijns.

Dat kan nooit veel goeds betekenen.

'We kwamen laatst toch Klaus tegen, Klaus uit de Goebelstraat? Die komt vanavond met zijn gezin.'

Gezin! Dat kan alleen maar betekenen dat Matthis ook meekomt. O man, ik wil helemaal niet dat die me zo dicht op de huid zit. Ik kreun geërgerd.

Maar gelukkig hoort Walter het niet. 'Je kent zijn zoon toch, van de zwemclub?' Hij klinkt alsof hij denkt dat hij me er een enorm plezier mee doet.

'Een beetje,' zeg ik.

Maar Walter laat zich niet voor de gek houden. 'Je kunt Melle ook wel uitnodigen,' zegt hij terwijl hij enthousiast door zijn kookboek bladert.

En dan meteen Robbie ook zeker, denk ik en ik mompel iets wat ik zelf ook niet versta. Ik sta op en loop de keuken uit.

'Om halfacht!' roept Walter me achterna. 'Zeg haar dat maar!'

Jakkes. Nou hoop ik bijna dat ik Melle de rest van de dag ook niet kan bereiken. Terwijl ik vreselijk graag wil weten wat er met haar aan de hand is.

Melle

Het is gek om zo met mama in dit café te zitten. Het is de plek waar ze anders altijd met Marisa afspreekt. Alles blinkt hier van het chroom. De koffie wordt in reusachtige doorzichtige bussen bewaard.

De kelners dragen lange rode schorten en doen vreselijk moeilijk over de tweeëneenhalfduizend soorten koffie die ze hier serveren. We zitten aan een piepklein glazen tafeltje en ik voel me opeens minstens tien jaar ouder. Als ik mijn hoofd draai, zie ik in de glimmende espressomachine mijn spiegelbeeld. Wauw! Het is echt niet te vatten. Het is alsof daar niet Melle Barofsky zit, maar heel iemand anders. Aan de tafeltjes naast ons zitten vreselijk serieus en belangrijk uitziende mensen. De meesten lezen de krant. Eentje zelfs de *Times*. Ik slurp van mijn latte macchiato en voel me minstens zo belangrijk. Het gevoel van belangrijkheid houdt nog aan als mama buiten voor het café afscheid van me neemt omdat ze met Marisa bij het fitnesscentrum heeft afgesproken.

Het houdt nog steeds aan wanneer ik de hoek omsla bij het warenhuis en Robbie op me af zie lopen.

'Melanie!' roept hij en het klinkt alsof het hem bevalt wat hij ziet.

Ik schud mijn haren. Eigenlijk heb ik mama beloofd om naar huis te gaan. Vanwege Sebastian. Nou ja! Maar op de een of andere manier moest ik deze omweg maken. Alsof ik wist dat iedereen weer in de buurt van de ijssalon zou rondhangen. Iedereen? Op het moment zie ik maar één iemand. Ik geloof dat mijn broer nog even op me moet wachten. Het stemmetje van mijn geweten roept maar heel zachtjes. Het kost me weinig moeite het niet te horen wanneer ik met Robbie in de richting van de ijssalon loop. We gaan aan het tafeltje in de hoek zitten, onder de poster van de Rialtobrug.

Ik bestel weer een latte macchiato. Robbie mag best merken dat ik geen klein kind meer ben, die zodra ze een ijssalon binnen loopt een sorbet moet hebben.

We zitten tegenover elkaar. Mijn hart klopt als een razende. Waarschijnlijk heb ik toch te veel koffie gedronken? Robbie vertelt over meneer Lehmann en over een film die hij gisteren in de bioscoop gezien heeft. Samen met zijn vriend Matthis. Hij praat en praat. Goed zo, dan kan ik tenminste gewoon naar hem kijken zonder dat ik me een idioot voel. Ik zie de bruine ogen met de lichtgevende spikkeltjes en de kuiltjes in zijn wangen. Tijdens het praten leiden die een heel eigen leven. Ik zie de bruine krullen, ook die ene die zich brutaal om zijn linkeroor krult.

'Kietelt dat niet?'

Robbie kijkt me even geërgerd aan. O nee! Heb ik het soms hardop gezegd? Maar Robbie praat alweer verder. Hij beschrijft hoe de reuzenaap vocht met de dinosaurus en vertelt over de massa's bloed die daarbij vergoten zijn. Eigenlijk vind ik zulke films stom. Maar als Robbie erover vertelt, klinkt het superspannend.

Ik neem piepkleine slokjes van mijn latte macchiato. Ook als hij allang niet meer heet is. Als ik klaar ben met drinken, moet ik gaan, terwijl ik het liefste voor eeuwig zo zou blijven zitten.

Robbie vertelt en vertelt en schuift daarbij (razend-snel, zo lijkt het) zijn spaghetti-ijs naar binnen. Dan schraapt hij het laatste restje uit het schaaltje en zegt: 'Ik moet gaan. Loop je nog een stukje mee?'

We betalen en de ober ruimt mijn halflege glas af.

'Had je toch niet zo'n dorst?' vraagt Robbie en hij glimlacht naar me. Of is het een grijns? Nee! Heel be-slist niet.

We lopen naast elkaar naar de bushalte. Af en toe raken onze armen elkaar. Heel licht! Zo, dat ik de haartjes op zijn onderarm kan voelen. Ik heb het ge-voel dat de melk in mijn buik nog een keertje wordt opgewarmd. Vlak voordat Robbies bus komt, pakt hij mijn hand. Nogal plotseling trekt hij me naar zich toe en drukt bliksemsnel een kus op mijn mond. Ik voel nog net dat zijn lippen koud en ruw aanvoelen en dan is hij al in de bus verdwenen.

Mijn bus komt. Ergens is nog een deel van mijn hersens dat functioneert en dat geeft me het bevel om in te stappen. Ik ga op een vrije stoel zitten. Kijk uit het raam, zodat niemand de gelukzalige grijns ziet die ik niet meer van mijn gezicht kan krijgen. Of weg wil krijgen.

Zo heeft mijn lichaam nog nooit aangevoeld. Alsof het vanaf mijn tenen tot aan mijn kruin met pudding gevuld is. Vanillepudding met precies de juiste tem-peratuur. Niet te warm en niet te koud. Ik denk aan Robbie, en de huid in mijn nek verandert op een prettige manier in kippenvel.

Hij heeft me gezoend. Niet te geloven! Hij heeft me gezoend.

Georgie

Twee keer heb ik nog geprobeerd om Melle te bellen. Geen gehoor. Eigenlijk had zij ook wel iets van zich kunnen laten horen. Moet ik nou boos zijn of moet ik me zorgen maken? Deze onzekerheid maakt me nog gek.

Ach wat, ik bedenk het morgen wel. Ik hoop dat ik dan eindelijk te horen krijg wat er aan de hand is. Nu moet ik eerst maar eens die avond met Matthis en zijn ouders zien te overleven. Eens zien of we iets hebben om over te praten. Ik vraag in elk geval niet naar Robbie. En ik nodig hem ook niet uit op mijn kamer! We blijven gewoon in de keuken zitten, bij de volwassenen. Echt wel! Ik doe gewoon of het me geweldig interesseert wat die vier allemaal te vertellen hebben.

Zeven uur! Over een halfuur zouden de gasten moeten verschijnen. De tafel is al gedekt. Goed zo. Dan kan ik mooi nog in alle rust twee hoofdstukken over het eiland van de schildpadden lezen. Goed zo? Ik kan me totaal niet op mijn boek concentreren. Ik moet voortdurend aan Melle denken.

Melle

Het is vandaag supergemakkelijk om de geweldige, liefdevolle, gemakkelijke dochter te zijn. Sinds ik weer thuis ben, gaat alles als vanzelf. Zelfs Sebastian gedraagt zich als een broer in plaats van als een monster. Ik help mama met koken. Het is me gelukt om de gelukzalige grijns te veranderen in een vriendelijk, onopvallend alledaags glimlachje. Ik snijd het brood, was de sla, snijd wortels en radijsjes in stukjes.

Mama straalt. 'Wat een verschil een nieuw kapsel toch kan maken!'

Ik geef haar een kus op haar wang. Ik wil ook Sebastian kussen, maar die ontwijkt me handig.

Bij het hakken van de peterselie schiet Georgie me plotseling te binnen. O nee! Ik heb helemaal niets van me laten horen. Dat is nog nooit eerder gebeurd: als een van ons tweeën niet naar school gaat, laat die dat de ander altijd even weten. Ik kijk op de klok. Kwart over zeven. Zal ik haar snel nog even opbellen? Maar wat moet ik dan zeggen? Welk deel van alles wat er sinds gisterenmiddag gebeurd is, kan ik haar vertellen? Bellen, dat lukt me nu echt niet. Ik denk aan Robbie. Meteen gaat het beter. Een beetje in elk geval.

Maar morgen moet ik weer naar school. En dan is

Georgie er ook. Logisch! En wat zeg ik dan? Ik kan niks bedenken waarop ze niet onvermijdelijk zal reageren met: 'Maar waarom heb je me dan tenminste niet gebeld?'

Ik word misselijk. Het zou maar het beste zijn als ik morgen nog steeds ziek ben.

Georgie

Daar staan ze in de gang: de hele familie Buchwald. Dat wil zeggen: alleen Klaus en Matthis heten Buchwald. Ulla heeft haar eigen naam gehouden toen ze trouwden. Ze heet Michaeli. Dat heb ik in de korte tijd dat ze hierbinnen zijn al meegekregen. Net als dat Ulla, Luise en Walter elkaar ook nog van vroeger kennen.

'Ulla!' riep Luise en ze vloog de vrouw met het lange donkerblonde krulhaar in de armen. 'Ik vroeg Klaus al aan de telefoon of hij nog steeds met Susanne was, en toen zei hij nee. Maar hij heeft niet verklapt dat hij nu met jou samen is. Dat is toch niet te geloven!'

Ze gillen en brullen allemaal door elkaar; je oren zouden er bijna af vallen. En dat zijn volwassenen! Matthis staat er net zo stil naast als ik en bekijkt de hele poppenkast. Ik gluur zijn kant op. Hij grijnst en haalt zijn schouders op.

We gaan naar de keuken. De volwassenen kletsen nog steeds een eind weg: wie er met wie is en wie er vroeger met wie was en wie met wie kinderen heeft.

Het lijken Laura, Nicole en Sandra wel, denk ik. Dan moet ik even gaan zitten. Die gedachte is gewoon té schokkend.

Pas tijdens het voorgerecht worden ze weer enigszins normaal. Walter heeft een Indiase raita met spinazie en yoghurt gemaakt. Daarbij is er zelfgebakken Turks brood. Het is echt lekker. En dat zou ik ook best zeggen als ik daar de kans toe kreeg. Maar ze laten me er gewoon niet tussenkomen. Bij elke kleinigheid schiet de een weer een of ander verhaal te binnen, en de ander begint met 'Weten jullie nog...'

Als Melle en ik op ons eiland wonen, zetten we een straf op het gebruik van die drie woorden. Iedereen die ze gebruikt, moet vijf euro in een potje doen. Ik bijt op mijn lip. Ik wil nu niet aan Melle denken.

Matthis zit tegenover me en doopt stukjes brood in zijn yoghurt. Hij heeft nog helemaal niets gezegd. Vreemd! Anders is hij toch altijd heel spraakzaam.

'Hoe gaat het met de crêpes?' vraag ik. Een heel normale vraag eigenlijk.

Toch verslikt hij zich prompt in een stuk brood. Hij hoest en kucht. Luise klopt hem op zijn rug. Blijkbaar is er ergens een kruimeltje blijven steken. Matthis loopt knalrood aan en dat blijft zo tot Walter het hoofdgerecht serveert. Lamscurry volgens een recept uit Kasjmir. Wij eten zo vaak lamsvlees, dat we eigenlijk zouden moeten blaten, of een wollen vachtje krijgen. Dat zeg ik hardop. Matthis moet lachen. Gelukkig maar! Nu kunnen we eindelijk normaal met elkaar praten.

Na het eten valt er een stilte. De vier volwassenen hebben geen 'Er was eens'-verhaaltjes meer en ze hebben nog geen nieuwe gespreksstof gevonden.

Waarschijnlijk wordt het nu hun werk of de kinderen, gok ik. En ja hoor, Ulla begint te praten over Matthis' problemen na het veranderen van school. De Buchwalds zijn een halfjaar geleden verhuisd en sindsdien gaat Matthis naar de Erich-Kästnerschool. Natuurlijk kennen Walter en Luise daar allemaal leraren en ze geven Matthis tips hoe hij met hen om moet gaan. Vooral met mevrouw Eisenreich van Duits en meneer Speck van wiskunde en natuurkunde. Matthis hoort het allemaal aan. Wat hij ervan vindt? Geen flauw idee. Aan zijn gezicht is niets af te lezen. Dan beginnen ze aan de problemen die kinderen 'van die leeftijd' sowieso al hebben. Ik ga stijf rechtop zitten, maar het maakt niets uit. Daar valt dat stomme woord al dat ik werkelijk niet kan uitstaan. Het komt van Luise. Natuurlijk! Op de een of andere manier lukt het haar altijd.

'Veel van onze lieve collega's houden gewoon totaal geen rekening met de moeilijkheden die in de puberteit vaak voorkomen!' Ze neemt een slok van haar wijn.

Matthis zucht en kijkt naar het plafond. Ik grijns naar

hem. Blijkbaar heeft hij ook zo zijn ervaringen met dit thema.

Nu gaat het gekakel weer in volle gang verder. Hierover weten ze allemaal wel het een en ander te zeggen. Als je hen mag geloven, zijn ze in hun jeugd wreed onder de duim gehouden. Niemand had ook maar een sprankje begrip voor ze en ze vragen zich ernstig af hoe ze toch zulke opgeruimde, ontspannen types hebben kunnen worden. Matthis en ik kijken elkaar aan. Matthis grijnst en trekt gekke gezichten. Luise neemt nog een slok wijn en... Nee! Dat kan toch niet waar zijn! Die schrikt ook nergens voor terug.

'Zal ik je mijn kamer laten zien?' vraag ik snel en ik ben al van mijn stoel opgesprongen. Ik schuif luid met de poten over de vloer in de hoop dat ik zo al het geklets over de eerste menstruatie, rituelen voor de maangodin en al die andere onzin overstem tot we de keuken uit zijn.

Lekker dan! Had ik mezelf niet voorgenomen dat Matthis in elk geval niet mee mocht naar mijn kamer? En nu zit hij daar, op mijn lievelingsstoel. Wat moet ik nou weer met hem beginnen? Maar het ziet ernaar uit dat ik me daar geen zorgen over hoef te maken.

Matthis heeft mijn cd's ontdekt en bekijkt ze een voor een. 'Hé,' zegt hij. 'Hou jij ook van "Wir sind Helden"?' Dan ontdekt hij de cd met het gezang van de bultrugwalvis en begint daarover te vertellen. Hij weet een heleboel van walvissen en hun levensgewoonten. Hij vertelt maar door.

Af en toe zeg ik ook iets. Precies genoeg om niet onbeleefd over te komen. Dit is het onderwerp van mij en Melle. Daar heeft hij helemaal niets bij te zoeken. Hij vertelt over een snorkelvakantie in Egypte met zijn ouders een tijdje geleden, en hoe geweldig hij de onderwaterwereld daar vond. Hij vertelt over de vissen in alle kleuren van de regenboog en de bijzondere koralen. Ik vertel dat ik met Walter en Luise ook een keer in Egypte geweest ben. Dat Melle en ik ons hebben aangemeld voor een duikcursus vertel ik niet. En ook niet dat de biologie van zeeën en oceanen mijn lievelingsonderwerp is. Ik vraag hem of hij kan schaken en als hij enthousiast knikt, zijn we voor de rest van de avond onder de pannen.

Melle

Zeven uur 's ochtends. Sebastian lepelt zijn ontbijtmuesli naar binnen. Hij ziet er zo schoongewassen en tevreden uit, alsof het leven absoluut niet ingewikkeld is. Ik spring bijna uit elkaar van jaloezie. Ik wou dat ik ook nog maar tien was. Dan zou ik me er net als hij alleen maar zorgen over maken of ik een kwijtgeraakt lego-onderdeel weer zou terugvinden of niet.

Tijd om te gaan. Ik sta op en pak mijn jas van de kapstok. Ik heb allerlei verhalen bedacht die ik Georgie kan vertellen. Ik kies uiteindelijk voor dat over de voedselvergiftiging. Ik kan maar het beste doen alsof ik me nog steeds niet helemaal lekker voel. Dan is het niet zo erg als ik me vreemd gedraag.

Voedselvergiftiging! Dat moet ze gewoon wel geloven. Ik recht mijn schouders en ga op weg. Toch voelt het alsof ik de hele weg naar school door dikke stroop moet waden. Ik zou het helemaal niet erg vinden als ik echt misselijk werd.

Georgie

Melle is er weer. Ze heeft een nieuw kapsel en vertelt iets over eindeloos overgeven en voedselvergiftiging. Ik zeg niets. Ik vraag niet of ze bij de kapper ook al moest kotsen, of waarom ze me niet gebeld heeft. Ik kan er gewoon niet tegen om te zien hoe ze loopt te draaien, rood wordt en verlegen van alles stottert.

'En gaat het nu beter met je?' vraag ik zo vriendelijk als ik maar kan, wanneer ze klaar is met het ophangen van haar verhaal.

'Oké wel,' antwoordt ze. 'Ik voel me nog een beetje raar. Maar dat gaat wel weer over.'

Ik knik en denk krampachtig na waarover we kunnen

praten om ervoor te zorgen dat deze stomme situatie gauw weer voorbij is. Ik wil dat alles tussen ons weer normaal is. Ik vertel haar over *Het eiland van de schildpadden*. Of preciezer gezegd: ik doe woordelijk verslag van de laatste drie hoofdstukken die ik heb gelezen. Ik probeer het verkrampte gevoel weg te praten. Het lukt me half. Nou ja, eigenlijk maar voor een kwart.

Melle begint over onze duikcursus. Ze vraagt wat we allemaal nodig hebben. We hebben het over de uitrusting en over het leerboek dat we in de boekwinkel willen bestellen, en ik ben opgelucht als eindelijk de schoolbel gaat en we naar binnen kunnen.

In de pauze gaat het beter. Ik twijfel erover of ik haar over ons bezoek van gisterenavond zal vertellen. Ik doe het niet. Dat stomme nieuwe kapsel staat haar akelig goed, maar ik bijt nog liever mijn tong af dan dat ik dat tegen haar zeg.

 Melle

Ze heeft mijn verhaal geslikt. Gelukkig! Eerst had ik nog een heel vervelend gevoel, maar nu het pauze is, gaat het weer.

Nicole slentert langs en zegt iets over mijn haar. Niet te geloven! Ze is echt jaloers. Plotseling voel ik me zo goed dat ik zo een paar radslagen zou kunnen doen. Ik denk aan Robbie en wanneer ik hem eindelijk weer zal zien. En ik ben blij dat Georgie niet meer kwaad op me is.

Ik steek mijn arm door die van haar en vraag: 'Heb je dorst, ouwe zeekomkommer? Na al dat gekots schreeuwt mijn maag om een cola. Kom op, ik trakteer!'

Georgie

We zitten op het muurtje aan de rand van het schoolplein en drinken cola. De zon verwarmt onze ruggen. Het voelt goed. Het voelt echt goed. Alleen baal ik ervan dat er ergens nog steeds zo'n rotgevoel zit dat zich niet laat verdrijven.

Melle

Misschien had ik toch met Georgie moeten afspreken? Ze stelde voor om vanmiddag naar de boekwinkel te gaan om het boek over duiken op te halen en daarna samen nog een beetje rond te hangen. Maar ik ben zo onrustig. Ik wil liever alleen zijn. Ik slenter door de stad en hoop dat ergens om een hoek opeens Robbie opduikt. Idioot eigenlijk!

Om vijf uur bel ik Georgie toch nog op vanuit een telefooncel. We zien elkaar bij de boekwinkel. Ze hebben er heel veel fotoboeken en informatieve boeken over de wereld onder water. Georgie houdt er een omhoog om het me te laten zien. Het is een prachtig uitgevoerd boek over de Atlantische kust. Met onze hoofden dicht bij elkaar kletsen we over ons onderzoeksstation. Ik kijk naar de foto's, maar ben er niet echt bij met mijn gedachten. Langs die zandstranden zou ik graag met Robbie slenteren. Daar! Een foto van een zonsondergang aan zee. Ik slik. Het liefste zou ik Georgie nu meteen over Robbie vertellen. Ik haal diep adem. Doe mijn mond open. Dan adem ik weer uit. Het gaat gewoon niet. Op dit moment benijd ik Laura, die iedereen die het niet wil horen over haar Guzzi kan vertellen. Ik zucht.

'Mooi, hè?' Georgie legt een arm om mijn schouder en praat verder: 'Ik ben zo blij dat wij alle twee niet zo stom zijn om dat door allerlei verliefdheidsgedoe met jongens kapot te laten maken.'

O nee! Ik zou het wel uit willen schreeuwen.

'Nee, dat gebeurt echt never nooit niet,' zeg ik, maar mijn keel is zo droog dat niemand het hoort.

Ik zie Robbie pas weer bij de zwemtraining. Ik ben een beetje te laat, want net toen ik wilde gaan, viel Sebastian van zijn fiets. Mama was natuurlijk (zoals altijd wanneer je haar nodig hebt) op de sportschool en papa zat nog op zijn werk, dus was ik degene die voor hem moest zorgen. Pleister zoeken, jodium erop doen. Het hele verhaal.

Als ik kom, is iedereen dus al binnen. Georgie is aan het inzwemmen en Robbie zit achter op de verwarmde bank. Naast Nicole! Ik haal mijn hand door mijn haar, ga op de rand van het bad staan en kijk naar de zwemmende Georgie. Ooit moet hij toch een keer mijn kant op kijken. Hij kijkt. Hij zwaait. Maar hij blijft naast Nicole zitten. Ik bekijk ze vanuit mijn ooghoeken. Nicole heeft alweer een nieuwe bikini. Groen met een patroon van tropische planten erop. En bij haar navel glinstert… ik moet twee keer kijken om het te geloven… een piercing met een fonkelend steentje! En hoe komt ze opeens zo bruin? Het openluchtzwembad is nog niet eens open. Ik kijk omlaag naar mijn lichaam. Spierwit. Zucht! Ik wil me weer net zo goed voelen als laatst toen ik net bij de kapper vandaan kwam. Meteen! Waarom lukt dat nu niet?

Gefrustreerd laat ik me in het water glijden en bots daarbij meteen tegen Matthis op. 'Kijk toch uit!' zeg ik mopperend, terwijl ik heus wel weet dat het mijn schuld is.

Georgie

'Is jouw vriendin altijd zo onuitstaanbaar?' vroeg Matthis me afgelopen week bij de zwemtraining.

En ik, domme koe die ik ben, verdedigde haar als een leeuwenmoeder haar welpjes. En deze week? Deze week zwem ik helemaal alleen mijn rondjes. Zonder Melle! En waarom? Omdat Melle vandaag niet kan komen. Melle is verbrand. En waarom? Omdat ze naar de zonnestudio is geweest. Melle! In een zonnestudio! En waarom? Omdat ze dacht dat ze misschien niet mooi genoeg is voor die sukkel, die heel onschuldig naar me toe crawlt en me vraagt waarom 'Melanie' er vandaag niet is. En die niet eens merkt dat ik hem geen antwoord geef, maar ook nog zo brutaal is om me te vragen of ik hem misschien 'Melanies' adres kan geven. Ik antwoord niet, maar duik naar de bodem van het zwembad. Daar blijf ik zolang ik mijn adem kan inhouden, en dat is heel lang. Als ik weer bovenkom, is die idioot er nog steeds en staart me aan.

'Barofsky! Staat in het telefoonboek!' blaf ik en ik duik weer onder.

Ik zie de blauwgroene tegels en de zwarte strepen op de bodem van het bad. Boven me zie ik de anderen in het water trappelen. Ze zien er vreemd vertekend uit. Ik wou dat ik kieuwen had, dan hoefde ik nooit meer naar boven. Zou je bij de vissen ook verraders hebben? Vast niet! Die heb je alleen bij mensen. Verraders zoals Melle, die gezworen had om nooit verliefd te worden. En nu? Proestend duik ik op en zwem mijn baantjes in zo'n belachelijk tempo dat Micha grote ogen opzet. Die denkt nu natuurlijk dat we die beker al binnen hebben. Als hij zich nou maar niet vergist.

Melle

'Zit je nou alweer te huilen?' vroeg Sebastian net. Ik heb mijn tong uitgestoken, hem mijn kamer uit gegooid en de deur op slot gedraaid. Maar hij heeft wel gelijk. De laatste tijd ben ik echt voortdurend aan het huilen. En ik weet niet eens wat de hoofdreden daarvoor is. Omdat ik eruitzie als een gekookte kreeft? Omdat ik zo stom was om een vol halfuur op die stomme zonnebank te gaan liggen? En dat terwijl ik, al vanaf dat ik klein was, weet dat ik een heel gevoelige huid heb. Die kan helemaal niet tegen de zon, behalve als ik me centimeters dik heb ingesmeerd met zonnebrandolie. Beschermingsfactor oneindig, dat snap je.

Is het omdat Georgie zich daarover verschrikkelijk

opwond toen ze me kwam ophalen? Omdat me geen betere verklaring te binnen schoot dan de waarheid? Omdat ze toen ik de waarheid vertelde pas echt door het lint ging?

Of omdat ik vanwege dat kloterige verbrand zijn vandaag niet naar de training kan en ik dus Robbie niet zie! Bij die gedachte beginnen de tranen alweer te stromen. Ik kijk omlaag en zie mijn knalrode bovenbenen. Ik kijk onder mijn T-shirt en zie mijn buik die zo rood is als een Ferrari. Ik denk aan Nicoles prachtige bruine kleurtje, haar glinsterende piercing, en bijt in mijn kussen om ervoor te zorgen dat niemand hoort hoe hard ik gil.

Georgie

Man, wat werkt iedereen me vreselijk op de zenuwen! In de kleedruimte klinkt het gegiechel van de anderen nog schriller en zelfs mijn handdoek is ruwer dan anders. Ik wrijf mijn haren droog. Laura kijkt mijn kant uit. Nou en? Ze mogen allemaal gerust zien dat ik een klotehumeur heb. Snel kleed ik me aan. Ik ga toch maar weer naar Melle. We moeten praten. En wel vandaag nog. Als ik naar buiten loop, duikt Matthis opeens naast me op.

'Hé!' zegt hij, alsof we elkaar niet al eerder begroet hebben.

'Hé,' reageer ik en dan begin ik zo snel te lopen dat het er echt belachelijk uit zou zien als hij naast me bleef lopen.

Melle heeft zich opgesloten in haar kamer. Maar zo makkelijk komt ze niet van me af. Ik bonk net zo lang op de deur tot ze opendoet. Ze ziet eruit als een wezen uit een griezelfilm. Haar haren staan alle kanten op, haar oogleden en haar neus zijn opgezwollen van al het huilen en bovendien zijn ze knalroze. Haar verbrande gezicht heeft de kleur van klaprozen. Ik huiver even en voel een enorme woede in me opkomen. Maar ik beheers me en zeg: 'Ik wilde nog even met je praten.'

Melle snuift alleen.

Ooooo! Ik hou het niet meer uit. 'Hoe voelt dat nou, om een verraadster te zijn?' vraag ik.

Weer snuift Melle en ze kijkt me aan als een aangeschoten ree.

Ik word rood. 'Ja precies, een verraadster!' brul ik. Een stemmetje ergens in mijn achterhoofd zegt dat ik niet hiernaartoe ben gekomen om te brullen, maar om te praten. Maar ik schreeuw er dwars doorheen. 'Je hebt gezworen dat je nooit verliefd zou worden! En nu? Je hebt alles kapotgemaakt. Alles! Vanwege zo'n stomme knakker!' Mijn stem slaat over. 'En het ergste is, dat je helemaal niets tegen me gezegd hebt. Nog geen woord!' Ik voel dat ikzelf nu ook elk moment in huilen uit kan barsten, en dus brul ik steeds harder.

Wanneer ik naar adem moet happen, gilt Melle: 'Met jou gebeurt dat ook een keer! Ooit word jij ook verliefd! En dan merk je wel hoe belachelijk zo'n eed is. Verliefd worden, dat gebeurt gewoon. Ook als je het niet wilt!'

'Misschien is dat bij jou zo,' krijs ik, 'maar ik word nooit verliefd! Daar kun je vergif op innemen!' Haar aanmatigende grijns doet me aan Luise denken. Ze denken allemaal dat ze zomaar binnenin me kunnen kijken. Ik pak Melle bij haar schouders beet en schud haar door elkaar. 'Maar waarom heb je niets gezegd? Dat is eigenlijk het ergste verraad. Tot nu toe hebben we altijd over alles gepraat. Over alles!'

Melle duwt mijn handen weg. Ze ziet eruit alsof ze elk moment vuur kan gaan spuwen. 'Met jou praten!' brult ze. 'Met jou? Jij die altijd alles beter weet? Jij bent nog harder dan de Ayers Rock. Met jou kun je niet eens praten!'

Ik heb echt geen zin om dit nog langer aan te horen. Ik draai me om en ren de deur uit. Met drie sprongen ben ik de trap af. Bij de voordeur bots ik tegen mevrouw Barofsky op.

'Georgie!' roept ze. 'Wat leuk om jou ook weer eens te zien.'

'Hallo,' brom ik en ik ren langs haar heen de straat op, zonder nog om te kijken.

Nog harder dan Ayers Rock. O man, wat een belachelijke vergelijking. Zoiets kan echt alleen Melle bedenken. Ik loop zigzaggend door de stad. In een idioot tempo neem ik de ene omweg na de andere. Uiteindelijk beland ik bij de volkstuintjes bij het spoor. Hiervandaan is het minstens een uur lopen naar huis. Ik geef een trap tegen een betonnen paaltje. Hopelijk heb ik straks geen blauwe tenen.

'Dat zet ik je nog wel betaald!' roep ik en ik weet eigenlijk niet zeker tegen wie ik dat zeg.

Ik ga op weg naar huis en neem deze keer de kortste route. Langzamerhand word ik moe en bovendien heb ik trek.

Wat zei ze nou? 'Ooit word jij ook verliefd. Daar kun je helemaal niets aan doen.'

Wat een onzin! Op wie zou ik dan wel verliefd moeten worden? Mijn maag knort en deze stomme straat is een van de afschuwelijkste straten van de stad. Aan beide kanten staan gigantische flats die hun beste tijd allang gehad hebben. Huizen, huizen, huizen, geen boom of struikje te zien. Een kinderspeelplaats met kapotte schommels, die in de wind zachtjes voor zich uit piepen.

En wie zou er dan wel verliefd op mij moeten worden? Ik vraag het me serieus af. Voor een winkel met mobiele telefoons blijf ik staan en ik bekijk mijn spiegelbeeld in de etalageruit. Daar hebben we Georgie! Georgie met haar korte koppie. Georgie met de korte benen en de sterke bovenarmen. Wespentaille niet aanwezig. Ik steek mijn tong uit. Georgie met de smalle lippen, en een mond die als ze lacht tot aan haar oorlelletjes komt.

Iemand doet de deur van de winkel open. Het is een jongen met een gebreide muts diep over zijn ogen getrokken. 'Hé, wat moet dat met die tong!' bromt hij. 'Ik heb je niks gedaan, of wel?'

Ik ben veel te geschrokken om mezelf te verdedigen.

De jongen blijft nog een tijdje achter me lopen schelden.

'Hou toch op!' zeg ik mompelend. 'Misschien kunnen we in een volgend leven nog eens gezellig met elkaar praten.'

Thuis eten we groentestoofpot met worstjes. Precies datgene wat iemand die moe, hongerig en door en door koud is, kan gebruiken. Ik zeg niet veel en ga vroeg naar bed.

'Heeft er nog iemand gebeld?' vraag ik nog.

Maar Walter en Luise schudden hun hoofd. Gelukkig ben ik te moe om na te denken.

Melle

Hij heeft gebeld! Robbie! Ik nam zelf de telefoon niet op, maar Sebastian.

'Mijn zus is voor niemand te spreken!' heeft hij tegen hem gezegd. Gelukkig heeft hij hem niet aan zijn neus gehangen dat ik ben weggekropen om een flink potje te huilen. Soms zijn broertjes fijngevoeliger dan je denkt.

Hij heeft gebeld en gezegd dat hij het morgen nog een keer zal proberen. Ik geloof het gewoon niet. Morgen! Ik knijp één oog dicht en kijk voorzichtig in de spiegel. Gelukkig hebben we geen beeldtelefoon.

Morgen belt hij weer!

Ter verkoeling smeer ik karnemelk op mijn verbrande huid en wat van het gelmasker van mijn moeder op mijn gezwollen oogleden. O hemel! Wat doe ik als hij iets met me wil afspreken? Zoals ik er nu uitzie, kan ik hem in geen geval onder ogen komen. Heel voorzichtig trek ik mijn zijden nachthemd aan. Dat is echt superchique. Een cadeautje van mijn peettante Judith uit Berlijn. Ik draag het anders nooit, omdat ik het zonde vind om zoiets in bed aan te trekken. Maar het is de enige stof die nu niet als schuurpapier op mijn huid aanvoelt. Voorzichtig ga ik in bed liggen. Ik heb het gevoel dat na de ruzie met Georgie mijn verbrande huid nog heftiger brandt.

Het is raar. Ik voel me vreselijk beroerd. Die ruzie was de ergste die ik in mijn leven ooit gehad heb. Vlak erna had ik het gevoel dat alleen nog de wereld kon vergaan. En nu? Robbie heeft gebeld en ik ben helemaal vrolijk! Echt!

Georgie

De tegels op de vloer van het lokaal hebben zwarte, roze en grijze spikkels. Bij de meeste zijn er meer zwarte dan roze of grijze. De voegen tussen de tegels zijn donkergrijs. In de zevende voeg van voren kleeft een opgedroogd stuk kauwgom. Als ik nu ook nog de spikkels ga tellen, lukt het me misschien om tot het einde van de ochtend niet naar Melle te kijken.

Wat doe ik als ze weer zo'n zeekomkommerbriefje naar me toe schuift? Wil ik dat nou wel of wil ik het niet?

Ik ben bij tweehonderdzevenenzestig zwarte spikkels op één tegel als mevrouw Hansult blaadjes laat uitdelen voor een woordjesoverhoring. Ik weet er zo weinig dat ik net zo goed verder kan gaan met spikkels tellen.

Melle

Georgie! Ik merk echt wel hoe hard ze haar best moet doen om niet mijn kant uit te kijken. Ouwe zeekomkommer. Zou alles weer goed zijn als ik haar een briefje schrijf? Zal ik? Of toch maar niet? Ach wat! Dat ga ik echt niet doen. Deze keer is ze serieus te ver gegaan.

Zou Robbie vandaag echt bellen?

Hoe langzaam kan zo'n ochtend voorbijgaan? Het is bijna niet uit te houden.

Wat moet dat blaadje opeens voor me op tafel? Woordjesoverhoring? Nou ja, als het moet.

Ik kom thuis. Mama staat op haar fitnessapparaat. Alweer. Haar gezicht is roder van inspanning dan mijn verbrande gezicht. Er staat een fitnessvideo op.

Een blonde Pamela Anderson-kloon spoort mama aan om ook het laatste beetje te geven. 'Geef de cellulitis geen kans,' roept het blondje. 'Een, twee, drie en nog wat hoger dat tempo!'

'Hoi,' zeg ik. En dan: 'Hoi!' Ik moet brullen om te zorgen dat mama me hoort.

'Hallo, schat,' hijgt ze. 'Kun jij vast het water voor de pasta opzetten? Ik kom zo!'

De tegels in onze keuken zijn zwart en wit. Als het me lukt alleen op de witte te stappen en niet op de zwarte, belt hij in de komende twee uur. Twee uur! Dat duurt een eeuwigheid. Ik til de volle pan water op het fornuis. Het klotst over de rand. Een kleine stap opzij om het te ontwijken. O nee! Ach, wat maakt het ook uit. Ik ben niet eens bijgelovig.

Ik help bij het snijden van de groenten. Ik help met tafeldekken. Ik help bij het afruimen en afwassen. De tijd wil wel én niet verstrijken.

Mama heeft na het eten een cappuccino voor zichzelf gemaakt. Ze zit aan tafel en bladert in een blaadje van Fit-for-life. De keukenklok tikt als in slow motion en de telefoon staat in zijn standaard alsof hij nog nooit gerinkeld heeft. Zouden de batterijen eigenlijk nog wel in orde zijn? Straks is er iets met de aansluiting. Ik test hem even. Alles oké!

Zolang ik naar dat stomme ding staar, gaat hij gegarandeerd niet over. Ik pak ook een tijdschrift, iets over diëten, en probeer me in een recept te verdiepen waarmee je schijnbaar vetvrije chocolademousse kan maken. Wat een onzin.

Ik sta op en loop de keuken uit. Als ik halverwege de trap ben, gaat de telefoon. Ik draai me om, neem een enorme sprong en ga alle treden tegelijk af. Ik verzwik mijn voet en strompel hinkend en huppend de keuken in. Grijp de telefoon. Mama legt pas net haar tijdschrift opzij.

'Barofsky!' hijg ik.

'Wat is er met jou aan de hand?' vraagt een stem. Marisa!

Ik zucht diep.

'Brandt bij jullie het huis af of zo? Of staat de kelder onder water?' zegt Marisa lachend.

Ha ha. Heel grappig. Ik geef de telefoon aan mama. Bah! Die zitten natuurlijk minstens een uur met elkaar te kletsen.

'Schiet een beetje op,' fluister ik mama toe.

Maar die wuift me gewoon weg met haar hand en gaat overdreven rustig op de keukenstoel zitten. Niet om uit te houden. Ik loop de tuin in en pak Sebastians kickboard op. Chagrijnig rijd ik een paar rondjes om ons huizenblok. Ik moet een plan maken. Stel dat het wel Robbie geweest was… Afschuwelijk, alleen het idee al. Ik kan het beter stapsgewijs aanpakken.

1. Hoe loop ik naar de telefoon?
   Antwoord: langzaam! Het liefste in slow motion, zo traag.
2. Hoe praat ik?
   Antwoord: langzaam, duidelijk en vooral zonder te snuiven.
3. Wat zeg ik?
   Antwoord: geen flauw idee!

Ik weet alleen wat ik níét ga zeggen. In elk geval geen dingen als: 'Leuk dat je belt!' of zo'n half hysterisch 'Robbieieie!!!' En ik ga ook niet vragen of we wat af zullen spreken. Heel belangrijk!

En als hij het aan mij vraagt? Ik blijf staan en be-studeer mijn verbrande armen. Hm! Op zijn vroegst zondag, schat ik, is deze kleur enigszins acceptabel. Poeh! Ik blaas de lucht uit mijn longen en rol lang-zaam weer naar huis. Mama zit nog steeds met Mari-sa te praten. Dan heb ik in elk geval niets gemist.

Georgie

Ik ben in het zwembad. Totaal ongebruikelijk. Micha zal wel blij zijn als hij het hoort. Hij zit me al een hele tijd achter de broek dat ik extra moet trainen, zodat we deze keer echt die beker zullen winnen. Bij de wed-strijd doe ik mee met de wisselslag. Die bestaat uit vier baantjes met elk een verschillende slag. Het be-gint met de vlinderslag, daarna rugslag, de derde baan schoolslag en als laatste de vrije slag. In de vrije slag ben ik al tamelijk goed. De vlinderslag kan beter. Vlin-derslag dus. Ik zwem tot mijn longen bijna barsten, en zelfs dan stop ik nog niet. Hoe meer ik me inspan, hoe minder ik aan Melle hoef te denken. Nog een baantje en nog een en nog een.

Melle

Ik was goed! Super! Geweldig! Robbie heeft gebeld. Hij vroeg of we iets zouden afspreken. En ik deed heel cool. Echt! Supercool! Ik zei tegen hem dat ik momenteel helaas geen tijd heb. Daarna vroeg ik of hij op zondag weer met meneer Lehmann in het park gaat wandelen. En nu hebben we een afspraakje. Zondag om halfvier bij het bankje bij de vijver. Ik ben zo onrustig dat ik het bijna niet meer uithoud. Zondag! Zondag! Zondag! Ik geloof dat Sebastians kickboard er nog een keer aan moet geloven. Maar ik kan toch niet tot zondag gaan kickboarden? Ik moet het aan iemand vertellen, anders barst ik uit elkaar. Georgie valt af. Wie is er verder? Moet ik soms met een dagboek beginnen of zo?

Georgie

Oef!!! Eindelijk weekend. Ik hoef niet meer zwijgend naast Melle op school te zitten. Maar maandag begint het allemaal weer van voren af aan.

Gelukkig begint over tweeënhalve week de meivakantie. Tweeënhalve week? Zo lang hou ik het nooit vol. We moeten het weer goedmaken. Dat kan zo echt niet langer. Ik ga bij haar langs. Niet vandaag, want ik ga straks met Walter en Luise naar de film. Maar morgen! Morgen ga ik. En als ik een klein beetje geluk heb, duikt Melle voor die tijd al hier op of belt ze me.

Melle

Geen idee hoe ik het voor elkaar gekregen heb om hierheen te komen. De laatste keer dat ik zo opgewonden was, was op mijn vijfde, toen ik niet kon wachten tot het Kerstmis was. Maar hier zit ik echt, op het bankje. Op mijn schoenen ligt meneer Lehmann en naast me zit Robbie.

In het begin hebben we alleen maar over onzinnige dingen gepraat. Waarom ik de vorige keer niet bij de zwemtraining was, hoe het op school gaat en dat soort dingen.

Wanneer geen van tweeën nog iets kan bedenken, besluiten we een stukje te gaan lopen. Meneer Lehmann vindt het prima. Hij rent er meteen vandoor. Robbie en ik lopen onhandig naast elkaar. O help, laat me iets intelligents zeggen! Wat dan ook.

Het grind knerst onder onze zolen. In een Hollywoodfilm zouden we nu precies weten waarover we moesten praten. Maar niemand heeft een draaiboek voor ons geschreven. Helaas! Ik schud mijn haren voor mijn gezicht en gluur naar Robbie.

Robbie kijkt meneer Lehmann na, die in de struiken verdwijnt, weer tevoorschijn komt, rondjes om zichzelf heen draait, naar voren en naar achteren rent. We slaan van de grote hoofdweg af een klein paadje in. Hier ligt geen grind. De grond is omgewoeld door paardenhoeven en tamelijk modderig. Alleen aan de rand is een enigszins droge strook. Robbie en ik lopen zo vlak naast elkaar dat onze schouders elkaar raken. Als een van ons nu niet gauw iets zegt, zitten er straks spinnenwebben in onze mondhoeken. De takken van de bomen hangen laag en als we niet uitkijken, slaan ze in ons gezicht. Ik weet het! Ik kan hem naar zijn vriend Matthis vragen. Zou mijn stem het nog wel doen? Ik schraap mijn keel. Kijk Robbie aan.

'Wat vind je, zullen we voortaan met elkaar gaan?' vraagt die. Hij pakt mijn hand beet.

'Wat doet jouw vriend Matthis eigenlijk?' vraag ik.

'Wat?' zegt Robbie en hij kijkt me geërgerd aan.

'Eh…' Mijn gezicht wordt helemaal warm. Het brandt haast.

Robbie blijft staan. 'Wat zei je nou?' vraagt hij. Zijn gezicht is heel dicht bij het mijne.

Ik voel zijn adem op mijn wang. Hij ziet er lief uit. Misschien heeft hij me echt niet goed verstaan.

'Wat ik zei?' Ik hou zijn hand stevig in de mijne. 'Goed idee, zei ik!'

'Dat dacht ik al!' Robbie grijnst.

Hand in hand strompelen we verder. Op een gegeven moment legt Robbie zijn arm om mijn schouder.

Nu durf ik me ook wel iets te veroorloven. Ik blijf staan. Mijn rechterhand ligt op Robbies heup. Die schijn ik er zelf te hebben neergelegd. Met mijn linkerhand voel ik aan zijn krullen. Mijn hart slaat als een pneumatische hamer. 'Dat wilde ik al de hele tijd doen,' zeg ik en ik ben blij dat mijn stem heel normaal klinkt.

'En dit wilde ik de hele tijd al doen.' Robbie strijkt met zijn duim heel langzaam over mijn onderlip, buigt zich dan naar me toe en geeft me een kus. Deze keer zijn zijn lippen niet koud en ook niet ruw, maar warm en zacht, als een verenkussen.

Georgie

De film van gisterenavond ging over twee vrienden. Die hebben zo'n erge ruzie met elkaar gemaakt, dat ze al jaren niet meer met elkaar praten. Pas kort voordat de ene sterft, komen ze elkaar weer tegen. En dan zijn ze echt vreselijk treurig omdat ze al die tijd verspild hebben.

Zo stom! Zo mag het tussen mij en Melle niet gaan.

Ik ga naar haar toe, maar ik weet eigenlijk helemaal niet wat ik tegen haar moet zeggen. Als ik eerlijk ben, ben ik nog steeds een beetje boos. Hoezo moet zij zomaar opeens verliefd worden zonder daar met mij over te praten? Maar dat maakt nu niet meer uit! Ik vergeef het haar, als ze mij ook vergeeft dat ik zo heb staan brullen. Het zou toch van de gekke zijn als we het niet weer gewoon goed konden maken. Maar ze moet me wel beloven dat ze niet meer zoiets stoms doet als met die zonnebank. Anders flip ik. Hoe dichter ik bij de Korbinianstraat kom, waar de Barofsky's wonen, hoe beter ik me voel. Man! Na de meivakantie begint onze duikcursus al en daarvoor is eerst nog de introductie-avond bij de volkshogeschool. We zijn nog zoveel van plan, Melle en ik.

Als ik aanbel, ben ik er zo zeker van dat Melle zal opendoen, dat ik helemaal beteuterd ben wanneer Sebastian opeens voor me staat.

'Melle is niet thuis,' zegt hij.

Ik voel me vreselijk stom omdat ik daar totaal geen rekening mee gehouden heb. Besluiteloos blijf ik op de deurmat staan. Sebastian vraagt of ik wil wachten, maar ik heb geen zin om alweer al zijn Lego-modellen te moeten bekijken. Ik probeer het liever later nog een keer. Sebastian doet de deur dicht en ik sta op straat.

Afschuwelijk, dit zondagmiddaggevoel. Daar helpt alleen een ijsje tegen. Ik heb geld in mijn zak. Snel naar de stad dus. In de bus zit ik te peinzen: zal ik framboos en stracciatella nemen of mokka en meloen? Als ik de deur van de ijssalon openduw, besluit ik spontaan om stracciatella en kersen te nemen. Ik wil het geld al uit mijn zak halen, als ik aan het kleine tafeltje in de hoek twee gestalten zie zitten. Waarom vallen me nu juist die twee op? De zaak is stampvol, dit is tenslotte hét ontmoetingspunt in de hele binnenstad. Op de een of andere manier komen die twee me bekend voor. Ze hebben hun hoofden dicht bij elkaar gestoken en houden overduidelijk elkaars hand vast. Het zijn Melle en Robbie! Onder de tafel ligt een langharige hond die ik niet ken. Nog voor ik kan nadenken, aanvaard ik overhaast de terugtocht en bots in de deuropening tegen een of andere vent met een baard aan, die meteen begint te schelden. Zo hard, dat iedereen het kan horen. Maar ik hoef me geen zorgen te maken. Die twee daar achter in de hoek hebben sowieso niet in de gaten wat er om hen heen gebeurt.

Mijn maag voelt koud aan, alsof ik daadwerkelijk ijs heb gegeten. Ik ren naar huis. Heel snel, alsof ik een snelwandelrecord wil breken. Ik vloek zachtjes. Dit gaat echt te ver. Verliefd worden, oké! Of niet oké. Maar in het openbaar handjes vasthouden en zitten kleffen, dat gaat absoluut en onherroepelijk te ver.

Ik schreeuw van frustratie.

Twee oude dametjes die me tegemoet lopen, wijken geschrokken opzij.

Als ik thuis ben, stamp ik door het trappenhuis. Maakt het uit: die oude Bornemann die onder ons woont, is toch slechthorend. Ik laat de huisdeur met een enorme knal in het slot vallen. Man! Daarover zouden Walter en Luise zich toch best flink kunnen opwinden. Maar nee!

'Hallo, Georgie!' roepen ze vrolijk. Hun gezichten stralen. 'We zijn vanavond uitgenodigd. Wij alle drie.'

'Bij wie?' vraag ik en ik doe flink mijn best om door te laten klinken hoe weinig zin ik daarin heb.

'Bij de familie Buchwald,' zegt Walter.

'Michaeli-Buchwald,' vult Luise aan.

'Kan mij het schelen,' zeg ik. En het kan me inderdaad niks schelen. Het kan me niks schelen of ik vanavond op een spijkerbed of in een modderpoel of bij de Buchwalds moet zitten. Niks, niks, niks!

'Maar je gaat toch wel mee?' vraagt Luise.

'Ja, ja,' brom ik.

Walter en Luise kijken elkaar aan met een veelzeggende blik.

Als jullie je maar niks in je hoofd halen, denk ik. Ik heb een rothumeur, maar met de puberteit heeft dat niets te maken. Absoluut niets!

We zijn niet de enige gasten bij de familie Buchwald. Ulla en Klaus hebben nog een paar vroegere bewoners van hun woongroep uitgenodigd. Ze hebben er allemaal waanzinnig veel zin in en zijn in een vreselijk goede stemming. Zó irritant.

Als Matthis nou maar normaal deed. Maar hij straalt ook, alsof hij ervoor betaald krijgt.

Er is ook nog een andere jongen. Hij is ongeveer net zo oud als Matthis en ik, schat ik. Eerst dacht ik dat hij een meisje was, maar hij heet Tristan en heeft lange blonde krullen, die tot op zijn schouders vallen. Matthis en hij schijnen elkaar al langer te kennen. Prima! Dan hoef ik vanavond niet zoveel te doen.

Tot het eten klaar is, gaan we nog even naar Matthis' kamer. Ik kijk om me heen. Niet slecht! Ik ben al wel vaker in jongenskamers geweest. Meestal heerst daar de gebruikelijke chaos van technische bouwdozen, computertoestanden en meer of minder smaakvolle posters aan de muur. Meestal minder smaakvol.

Matthis' kamer ziet eruit als een Marokkaans thee-huis. Verspreid over de vloer liggen kleurige zitkus-sens, met daartussen boeken en cd's. Aan de muur hangt een elektrische gitaar en in het midden van de kamer hangt een stoffen schommelstoel aan het pla-fond.

'Mag ik?' vraag ik en als Matthis knikt, maak ik het me gemakkelijk in de hangstoel. Gaaf gevoel! Dat zou ik zeggen als ik niet zo'n vreselijk rothumeur had.

Matthis steekt een wierookstaafje aan (sandelhout, denk ik) en zet een cd op. Iets rustigs. Klinkt mooi. Maar ik heb geen zin om te vragen van wie de muziek is.

De twee jongens rommelen wat op Matthis' laptop. Aha, dus hij kan toch ook weer niet zonder computer. Dat vroeg ik me al af. De stoel schommelt heel zacht-jes heen en weer. Omdat ik niets beters te doen heb, kijk ik naar de twee jongens. Tristan ziet er met die krullen echt een beetje als een meisje uit. Maar als je beter kijkt, zie je dat boven zijn lip een beetje pluizig donshaar groeit. En hij heeft al de baard in de keel. Zijn stem maakt af en toe opeens zo'n rare uitschieter als hij praat. Het lijkt alsof hij dat niet erg prettig vindt. In elk geval wordt hij na zo'n uitschieter steeds eventjes heel rood. Schattig wel! Matthis ziet er heel anders uit. Hij is sterker en ook wat groter dan Tristan. Krullen heeft hij ook. Een paar maar, waardoor zijn haren weerbarstig van zijn hoofd af staan. De kleur doet me denken aan dat van het tuinhuisje van mijn oma. Zo'n bruinrode kleur, ossenbloed heet dat, geloof ik. Zijn ogen zijn knalgroen. Ze schitteren je heel opvallend toe vanonder zijn warrige pony. Kan best zijn dat hij ook al de baard in de keel heeft. Zijn stem klinkt de hele tijd een beetje hees.

Ik stel me voor dat niet ik maar Laura in de stoel zit te schommelen. Dan waren die twee ongetwijfeld niet zo diep in een gesprek verwikkeld.

'Wat is je vriend Robbie eigenlijk aan het doen?' vraag ik aan Matthis en het kan me geen bal schelen of hij dat een irritante vraag vindt.

Hij kijkt op. 'Geen idee. Die heb ik de afgelopen dagen alleen op school gezien. Hij heeft steeds wat anders te doen.' Hij draait zich weer om naar de laptop en Tristan.

Iets anders te doen. Ha! En of hij iets anders te doen heeft, die idioot. Die moet met zijn zweterige handje mijn vriendin Melle bepotelen. O nee! Ik hou dit echt niet uit. Met kracht trap ik tegen een van de zitkussens. Het kussen knalt tegen een stapel cd's, die natuurlijk omvalt. 'Sorry!' zeg ik. Ik moet op mijn lippen bijten om niet in huilen uit te barsten. Maar er rolt toch zo'n stomme traan over mijn wang. Ik kijk naar het plafond en hoop dat niemand iets merkt.

Na het eten neemt Tristans moeder afscheid en gaat met haar zoon naar huis. Walter en Luise blijven natuurlijk. Er viel niet anders te verwachten. Matthis vraagt of ik zin heb om een potje te schaken. Ik knik. Het kan me geen bal schelen wat we doen.

We gaan in Matthis' kamer tegenover elkaar aan een klein tafeltje zitten.

Deze keer steekt hij een wierookstaafje met sinaasappel- en kaneelgeur aan. 'Je bent vandaag niet echt in een goede stemming, of wel?' vraagt hij.

'Kun je wel zeggen,' flap ik eruit. Oeps! Dat gaat hem toch helemaal niks aan.

'Mag ik vragen waarom?' Hij steunt met zijn hoofd op zijn handen. Daardoor ziet hij er een beetje als een trol uit.

'Ach,' zeg ik onverschillig.

Matthis zet het schaakbord neer en verdeelt de stukken over de zwarte en witte velden. Het ziet er net uit als de keuken bij de Barofsky's, denk ik. Blijkbaar heeft Matthis op de witte koningin een vlekje ontdekt, want hij wrijft het schaakstuk op met de mouw van zijn trui.

'Melle gaat met Robbie!' zeg ik opeens. Wat is dit nou weer? Ik ben anders nooit zo'n roddeltante.

'Jaloers of zo?' vraagt hij.

'Ach, hou toch op!' zeg ik.

Hij kijkt me verbaasd aan, en omdat hij daar toch zit, vertel ik hem het hele verhaal. Over onze plannen, over de eed die we gezworen hebben, hoe lang we elkaar al kennen en wat we allemaal al samen gedaan hebben. Ik vertel zelfs over Melles vreemde optutaanvallen van laatst. En dat terwijl ik eigenlijk helemaal niks wilde vertellen. Waarom doe ik dit eigenlijk? Ik heb nog nooit zo met iemand over mij en Melle gepraat. En nu vertel ik het uitgerekend aan Matthis, de beste vriend van Robbie, die stomme eikel. Ik knijp mijn lippen op elkaar en heb spijt dat ik mijn mond überhaupt heb opengedaan. Ach wat! Ik moet toch ook een keer met iemand praten? Ik hoop alleen maar dat hij alles niet meteen doorvertelt.

'Dit blijft wel onder ons, hè?' zeg ik.

'Tuurlijk!' antwoordt hij. 'Wat denk jij dan?' En hij glimlacht op zo'n manier dat ik hem geloof.

Ik glimlach terug en vindt hem een moment lang heel aardig.

Tot hij me vreselijk ergert met de vraag: 'En waarom ben je nu zo kwaad?'

'Je hebt er helemaal niets van begrepen!' zeg ik een beetje te hard.

'Toch wel, geloof ik.' Matthis haalt zijn schouders op. 'Maar tegen verliefd worden kun je nou eenmaal niets doen. Het heeft gewoon geen zin om daar boos over te zijn.'

Nu begint hij ook al.

'Tegenwoordig is er voortdurend wel iemand verliefd op Robbie.' Matthis grijnst. 'Als ik daar de hele tijd boos over was, had ik het druk.' Hij zegt het heel nonchalant, maar aan hoe hij kijkt, kan ik wel merken dat het hem niet helemaal koud laat.

'Het is irritant en nergens voor nodig!' Ik sta op om te kijken hoe ver Walter en Luise inmiddels zijn. En of we niet al bijna kunnen gaan.

Op de terugweg zegt Luise: 'Die Tristan ziet er echt lief uit met zijn krullen. Als ik veertien was, zou ik vast verliefd op hem worden.' Ze giechelt.

Dat komt vast van de witte wijn, denk ik.

Walter legt een arm om haar heen en woelt door haar haren. 'Als ik veertien was, zou ik op jou verliefd worden.'

Nu giechelen ze alle twee.

'En als ik veertien was,' zeg ik, 'zou ik jullie een knal voor je kop geven.'

De twee kijken me even verward aan en beginnen dan te lachen. Ze trekken me tussen zich in. Ik zou graag mee lachen, zodat alles weer is zoals vroeger. Maar als ik het probeer, moet ik opeens hoesten.

Melle

Hoe is dat nou weer zo snel rond gepraat? Melle gaat met Robbie. Op school weet iedereen het al. O nee! Dan weet Georgie het zeker ook. Laura is natuurlijk helemaal verrukt. Het liefst zou ze alles tot in de details horen. Waarschijnlijk omdat ze dan kan proberen haar Guzzi zo ver te krijgen om het na te doen. Of misschien alleen omdat ze denkt dat ik nu meer in dat hele Guzzi-verhaal geïnteresseerd ben dan eerst. Geen idee!

Ik weet maar één ding. Het was een belachelijk idee om met Robbie naar de ijssalon te gaan. Nee, naar de ijssalon gaan was niet belachelijk. Dat zou ik zo weer doen. Maar daar hand in hand gaan zitten, en af en toe ook met de voeten tegen elkaar... Iemand moet ons gezien hebben. Als ik me voorstel dat mama hierover hoort, of erger nog, papa, voel ik me opeens helemaal akelig.

Dat Georgie het inderdaad weet, valt niet te missen. Ze kijkt me aan alsof ze net in een citroen heeft gebeten. 'Was het gezellig gisteren, in de ijssalon?' vraagt ze.

Ik kreun luid.

'Wat? Ik had zin in een ijsje. Dat mag toch wel, of niet?' Haar stem klinkt ijzig.

'Dus jij hebt het aan iedereen verteld!' flap ik eruit.

Georgies gezicht wordt helemaal wit. O nee! Ik zou het liefst mijn tong afbijten. Als ik ook maar één seconde had nagedacht, had ik geweten dat het natuurlijk complete onzin is. Georgie kan soms weliswaar superchagrijnig worden, maar een kletstante is ze dus echt niet.

'Sorry!' zeg ik snel. 'Ik weet dat jij het niet was.'

'Nou, dat is dan tenminste iets.' Ze kijkt me met een donkere blik aan. 'Verder lijk je tegenwoordig niet meer al te veel te weten.' En ze draait zich om en laat me staan.

'Georgie, doe niet zo stom!' zeg ik, gelukkig zo zacht, dat ze het niet hoort. Deze keer geef ik namelijk niet toe. Daarop kan ze wachten tot ze een ons weegt.

In de pauze loopt Nicole de hele tijd om me heen te draaien. Hoe hij dan is, Robbie, wil ze weten. Maar ik heb geen zin om haar iets te vertellen. Ben blij wanneer ik de bel voor het derde uur hoor. We hebben wiskunde. Niemand kletst nog tegen me aan. Super! Kan ik in alle rust aan Robbie denken.

Georgie

k ga nu elke dag trainen. Over twee weken is de wedstrijd. En intussen denk ik net als Micha: we móéten die stomme beker gewoon winnen! Mijn tijden bij de vlinderslag worden per keer beter. Micha zal ervan opkijken.

Wanneer we weer een gewone training hebben, is Melle er niet. Ik kijk om me heen: ja hoor, Robbie is er ook niet. Had ik iets anders verwacht?

Ik zwem zo goed dat Micha's ogen bijna uit hun kassen vallen. Ha, alsjeblieft! Als Nicole bij de rand van het zwembad naar me toe komt en me wil uithoren over Melle, duw ik me weer af en verbeter mijn borstcrawltijd met alweer een halve seconde. Wanneer ik hijgend aan de andere kant aantik, duikt Matthis naast me op. Met zijn natte, bruinrode haar ziet hij eruit als een meerman, alleen heeft die meestal groene haren.

'Kom nou langzamerhand maar eens uit het water,' zegt hij, 'anders krijg je nog een hartaanval.'

'Krijg zelf een hartaanval!' Ik laat me naar achteren vallen en trappel langzaam naar onderen. Eén, twee slagen en ik ben bij de bodem. Onder water is het zo stil. Daar is tenminste niets dat me kan irriteren. Ik doe mijn ogen open en zie vlak voor me het gezicht van

Matthis. Zijn haren wiegen heen en weer als zeegras en zijn groene ogen zijn onder water nog groener. Ha, wacht maar. Zo lang als ik hou je het niet vol. Maar hij hoeft zich maar een krappe seconde voor mij weer naar boven te laten drijven.

Op de verwarmde bank gaat Micha naast ons zitten. Hij heeft nog een berg tips voor de wedstrijd die hij kwijt moet. Hij heeft al zijn hoop op ons gevestigd, zegt hij, en daarmee bedoelt hij Verena, Anke, Laura, Pit en mij. En, daar had ik niet op gerekend, Matthis. Hij zit er nog maar zo kort bij en eerlijk gezegd heb ik er niet erg op gelet hoe hij zwemt.

'Dus!' zegt Micha. 'We hebben nog één reguliere training voor de wedstrijd. Maar ik heb er niets op tegen als jullie daarbuiten nog een paar keer trainen.'

Niets nieuws onder de zon, denk ik.

'Jullie zien aan Georgie dat inzet beloond wordt.'

O nee, ik word rood. Ik kan er niet tegen om zo in het openbaar een compliment te krijgen. Ik kijk opzij en zie nog net hoe Matthis me stralend aankijkt en zijn duimen opsteekt.

Micha is nog steeds aan het woord: 'Vanaf twee dagen voor de wedstrijd moeten jullie niet meer zo hard trainen. Spieren hebben altijd enige tijd nodig om zich te herstellen.'

Bla bla bla, dit heb ik allemaal al vaker gehoord. Maar ergens ben ik wel blij dat we deze keer een goede kans maken. Ik wikkel mijn handdoek steviger om me heen. Tot voor kort zouden Melle en ik dit met een bosbessensorbet gevierd hebben. Ik schud mijn hoofd. Gewoon niet aan denken.

Melle

Robbie en ik hebben gespijbeld van de training en zijn naar de bioscoop gegaan. In de middag-voorstelling draaide een al wat oudere film, met Brad Pitt in de hoofdrol. Ik was al wel eerder met mijn ouders in deze bioscoop geweest, of met Georgie. Maar nog nooit leken de rode pluchen stoelen zo zacht en nog nooit vond ik het zo donker toen het licht uitging.

Vanaf welk moment mag je eigenlijk officieel zoenen? Alles waarvan je kinderen kunt krijgen, mag pas vanaf je zestiende. Dat weet ik. Heeft mama me een keer uitgebreid verteld. Maar zoenen? Ik besluit dat zoenen geen kwaad kan, anders is de lol er snel af. We beginnen er namelijk al mee tijdens de reclame. Ik kijk wel eerst even stiekem achter ons om te zien of er iemand zit die ik ken. Gelukkig niet. Er zitten al-leen een paar lui uit de bovenbouw cola en bier te drinken. Ik kan me dus helemaal op Robbie concen-treren. Tijdens de reclame en de trailers voor films die binnenkort in deze bioscoop draaien, zoenen we net als afgelopen zondag in het park. Maar wanneer de hoofdfilm begint, verandert er iets. Ik merk het doordat ik zenuwachtig word en doordat het gekriebel in mijn buik nauwelijks nog uit te houden is. Robbie buigt zich naar me toe. Hij duwt zijn lippen tegen mijn mond en laat ze daar liggen. Heel lang! Dan voel ik plotseling zijn tong op mijn lippen. Help! Dit moet een tongzoen worden. Ik zet mijn tanden stevig op elkaar. Robbie geeft het op. O nee! Nu is hij natuurlijk teleurgesteld. Zou hij het nog een keer proberen? Wil ik dat eigenlijk wel? Ik kijk uit mijn ooghoeken zijn kant op. Hij kijkt naar het filmdoek. Hij ziet er niet boos uit. Ik pak zijn hand beet. Hij trekt hem niet weg. Integendeel. Hij aait heel zacht met zijn vingers over mijn handpalm. Dan pakt hij mijn hand in zijn linkerhand en legt zijn rechterhand op mijn knie. Daar laat hij hem liggen tot het einde van de film. Als we naar buiten lopen, legt hij zijn arm om mijn schouder. Gelukkig! Alles is oké.

Georgie

Oké, oké! Micha heeft inderdaad tegen ons gezegd dat we nog een beetje extra moeten trainen. Maar het werkt me echt op de zenuwen dat ik nu elke keer iemand uit ons team in het zwembad tegenkom. Meestal is het Matthis en meestal wil hij met mij een wedstrijdje zwemmen. Tot nu toe lig ik steeds nog flink voor, maar ik moet me steeds meer inspannen om ervoor te zorgen dat hij me niet inhaalt.

Ik leun hijgend tegen de achterste rand van het bad als Matthis proestend naast me boven water komt.

'Het lijkt erop dat onze ouders weer dikke vrienden aan het worden zijn,' zegt hij hoestend. 'We komen vanavond alweer bij jullie eten!'

Nou, leuk dat ik dat zo ook nog te horen krijg. 'Nou en?' zeg ik en ik klim het water uit. Ik pak een handdoek en wil al zonder nog iets te zeggen de kleedruimte in verdwijnen, wanneer ik bedenk dat Matthis er natuurlijk ook niets aan kan doen. Niet aan mijn ouders die zich zo opdringen, en niet aan het feit dat ik vanwege Melle en Robbie voortdurend een rothumeur heb. Ik draai me weer om. Matthis komt juist het water uit. Hij draagt een zeegroene zwembroek, die bedrukt is met zeesterren, krabben en kwallen.

'In dat ding kun je echt niet naar de wedstrijd!' zeg ik.

Hij kijkt omlaag. Het water loopt in stroompjes uit zijn haren.

'Te veel waterweerstand,' leg ik uit. 'Die stof remt je af. Echte wedstrijdzwemmers scheren zich zelfs voor de start.'

Matthis grijpt naar zijn kin. 'Niet nodig,' zegt hij grijnzend.

'Daar misschien niet,' zeg ik, 'maar daar wel!' Ik grijp in zijn warrige haardos en trek er zachtjes aan.

'Die gaan er echt niet af!' Zijn stem klinkt opeens merkwaardig ruw. Met zijn grote groene ogen kijkt hij me aan. Van zo dichtbij heb ik hem nog nooit gezien. Hem niet, en ook geen enkele andere jongen. Sinds de kleuterschool niet meer. Ik wil mijn hand laten zakken, maar die zit gevangen in de natte, klittende haren.

'Au!' roept Matthis. 'Je scalpeert me bijna.' Dan grijnst hij. 'Dat kost je een ijsje. Zo meteen, als we ons hebben omgekleed. Heb je tijd?'

Ik vind het vreselijk gênant dat het me zo veel tijd kost om mijn vingers uit zijn haar los te krijgen. Uit louter verlegenheid stem ik toe.

In de kleedruimte erger ik me daaraan. Ik wil eigenlijk gewoon rust aan mijn kop. En in plaats daarvan ga ik met die watertrol een ijsje eten en vanavond thuis heb ik hem alweer om me heen hangen.

'Heb je het eigenlijk alweer bijgelegd met Melle?' vraagt hij wanneer we met onze ijshoorntjes in de hand door de stad slenteren.

Ik schud mijn hoofd. 'Maar we hebben ook niet echt ruzie meer.' Dat is waar: we maken geen ruzie meer. Als we elkaar op school zien, praten we met elkaar. Alleen als het echt nodig is! En daarbij zijn we zo beleefd tegen elkaar alsof we elkaar net voor het allereerst bij het postkantoor of in de supermarkt hebben ontmoet. Afschuwelijk! Dan was het ruziemaken een stuk beter.

Matthis verandert van onderwerp. 'Echt klasse, trouwens, hoe jij zwemt.'

Ik knik. Dat weet ik natuurlijk zelf ook wel. Het voelt niet echt anders wanneer iemand het ook tegen me zegt. Ik vind het alleen altijd een beetje gênant.

'Echt! Grote klasse,' herhaalt Matthis.

'Dank je,' zeg ik. 'Jij bent ook niet slecht.'

Matthis straalt. 'Dat komt doordat ik het zo graag doe. Daarom zijn we ook bij de zwemvereniging gegaan, Robbie en ik. Robbie wilde eigenlijk helemaal niet. Maar na de eerste keer vond hij het toch heel leuk.'

Ja, dat zou ik denken. Matthis denkt toch hopelijk niet dat het aan het water ligt, of aan de zwemsport.

'Je hoeft niet zo boos te kijken!' Matthis lacht. 'Ik weet heus wel wat je denkt. Als ik Robbie niet had overgehaald om mee te gaan, had jij nu niet dat gedoe met Melle.'

'Jij snapt het,' brom ik.

'Maar vroeg of laat was het toch wel een keertje gebeurd.' Onbewogen likt Matthis aan zijn ijsje.

Hoezo is iedereen daar toch zo zeker van? Zo irritant!

'Ik vind zwemmen echt heel leuk,' zegt Matthis.

Ha, nu zoekt hij toch weer vastere grond onder zijn voeten.

'Maar nog liever ga ik duiken,' gaat hij verder. Hij likt het laatste beetje ijs uit zijn hoorntje, verkruimelt de koek en gooit die naar een paar duiven die op de stoep heen en weer waggelen. 'Daarom ga ik binnenkort een duikcursus doen. Om het een keer echt goed te leren. Met alles erop en eraan. De introductiemiddag is over drie dagen.'

'Leuk!' zeg ik. Meer niet! Over drie dagen is ook de introductie van de duikcursus van Melle en mij. En ik weet niet eens of ze nog wel van plan is om erheen te gaan. Moet ik er nou soms met Matthis naartoe? Dit kan toch allemaal niet waar zijn.

Ik eet de rest van mijn ijsje in één hap op en zeg mompelend: 'Ik moet eigenlijk…' en ga er dan als een speer vandoor. Hier loopt iets totaal verkeerd en ik kan er helemaal niets tegen doen. Help!

'Hallo, kikkervisje!' roept Luise wanneer ik thuiskom.

Ik loop de keuken in. Luise doet haar mond open om iets te gaan zeggen.

'Doe geen moeite,' zeg ik. 'Ik weet het al. De familie Buchwald komt eten en ze nemen Matthis mee.'

'Ja, precies,' roept Luise, die zich niet laat afschrikken door mijn onverschillige toon. 'Is toch leuk, of niet?'

'Heel leuk,' zeg ik vermoeid en ik ga naar mijn kamer. Ik heb juist Wilfried gepakt en ben op mijn bed gaan liggen, als Luise binnenkomt.

Ze komt naast me op de rand van het bed zitten. Even is ze besluiteloos. Dan begint ze me over mijn haren te aaien. 'Heb je geen zin om Melle te vragen of ze vanavond ook komt?' Haar stem klinkt net als vroeger, wanneer ik op mijn knie gevallen was of me niet lekker voelde.

Ik grom wat.

'Jullie hebben ruzie gehad, klopt dat? Ik merk al de hele tijd dat er iets niet in orde is.'

Ik brom weer iets.

Luise woelt door mijn haren. Met een ruk trek ik mijn hoofd weg. Luise trekt geschrokken haar hand weg.

'Ze is verliefd geworden!' zeg ik snel. Stom, ik wilde alleen zomaar iets zeggen, zodat ze niet zou denken dat ik iets tegen haar had. En meteen flap ik er het allerbelangrijkste uit.

'Maar dat is toch leuk!'

Natuurlijk zegt ze dat, wat anders.

'Voor wie?' vraag ik somber.

En dan begint ze weer te vertellen. Over de veranderingen die op onze leeftijd nou eenmaal plaatsvinden, of je het nu wilt of niet. En dat alles toch ergens goed voor is. En bla bla bla. Ik laat het over me heen komen en probeer heel hard aan iets anders te denken.

'Ik moet nu naar beneden,' zegt ze na een tijdje. 'Walter kan wel wat hulp in de keuken gebruiken. En het zou fijn zijn als jij straks de tafel wilt dekken. O ja! En misschien heb je zin om Melle nog even te bellen?' Ze drukt een kus op mijn voorhoofd en staat op.

Melle bellen. Oeps! Dat moet ik inderdaad. Niet vanwege vanavond, maar vanwege die stomme duikcursus. Ik weet niet eens of ze er wel aan denkt dat we ons daarvoor hebben opgegeven.

Melle

Drie keer zijn Robbie en ik nu al samen naar de film geweest en viermaal hebben we door het park gelopen. De volgende keer dat we elkaar zien, zou ik graag iets heel anders doen. Het liefste zou ik samen met Robbie op een bankje in de zon gaan zitten en gewoon met elkaar praten. Ik zou hem willen vragen hoe hij was als kind en wat zijn lievelingseten is en of hij graag bij volle maan buiten is, zoals ik. Opeens bedenk ik dat we helemaal niet hebben afgesproken wanneer we elkaar weer zien. Zal ik hem snel even bellen? Ik kijk op de klok. Het is al na achten. Laat ik het maar niet doen. Waarschijnlijk belt Robbie morgen meteen na school wel. In plaats van hem te bellen, doe ik nog een spelletje barricade met Sebastian. Hij heeft zijn pyjama al aan en is net in bad geweest. Hij ziet er rozig en lief uit, zoals dat hoort bij een klein broertje.

Sinds ik met Robbie ga, hebben Sebastian en ik niet één keer ruzie gehad. Misschien komt het doordat ik als grote zus ook ineens veel prettiger ben, nu ik me de hele tijd zo harmonieus en lieftallig voel. Lieftallig misschien ook doordat het babyvet verdwenen is. Ik probeer te bedenken wanneer ik voor het laatst honger had, maar ik kan het me niet herinneren.

'Hé!' roept Sebastian. 'Je had net een barricade weg kunnen halen. Let eens een beetje op!'

Georgie

Bij het eten valt me op dat Matthis gelijk had. De Buchwalds zijn voor Walter en Luise niet langer zomaar twee van hun talloze kennissen, met wie ze de hele tijd afspreken. Ze zijn bezig echte vrienden te worden. Er blijft mij ook niets bespaard. Dat betekent natuurlijk dat Matthis ook vaak over de vloer zal komen. Of ik dat nou wil of niet. Ik zucht diep.

Misschien komt het daardoor dat Walter zich er opeens van bewust wordt dat zijn dochter ook aan tafel zit. En misschien vraagt hij daarom juist op dat moment: 'Zeg eens, Georgie, over drie dagen begint toch jullie duikcursus? Heb je er al zin in?'

Het stuk stokbrood waar ik net op zat te knabbelen, valt op mijn bord. Er spat jachtsaus over de tafel. Ik kijk naar Matthis, die tegenover me zit.

Die spert zijn ogen wijd open. 'Jij ook? Daar heb je me helemaal niets over verteld! Is het dezelfde cursus als die ik ga doen? Bij mevrouw Hasselmann?'

Ik knik en voel me ontzettend dom. De volwassenen zijn natuurlijk vreselijk enthousiast. Hun kinderen hebben dezelfde interesse. Had het nog mooier kunnen zijn?

Als je het mij zou vragen: ja. Misschien kan er in mijn leven ook eens een keer iets gebeuren waarover ik zelf kan meepraten. Ik zou me graag terugtrekken op mijn kamer, maar dan moet ik Matthis natuurlijk meenemen. Ik vraag of hij zin heeft om na het eten een dvd'tje te gaan kijken. Ik heb een geweldige onderwaterfilm, *Deep Ocean*. Maar ik kies toch voor Laurel en Hardy. Matthis vindt het best.

Melle

Het is zo fijn met Robbie. Ik moet steeds maar weer aan hem denken. Vooral wanneer ik 's avonds in bed lig en ik eindelijk rust heb. Als ik me heel goed concentreer, kan ik me zelfs zijn geur voor de geest halen. En sowieso hoe zijn handen aanvoelen. Hij heeft mooie handen. Lang en smal met heel kortgeknipte nagels. Op zijn linkerhand heeft hij een lang litteken. Ik heb hem nog helemaal niet gevraagd hoe hij daaraan komt. Dat moet ik echt een keer vragen.

Het is fijn om aan Robbie te denken. Maar als het echt heel stil is, denk ik ook altijd aan Georgie. En bij de gedachte aan haar krijg ik kramp in mijn maag.

Waarom kan het leven niet gewoon alleen maar mooi zijn?

Georgie

Die Laurel en Hardy-films zijn oeroud. Ze zijn minstens zestig jaar voor ik geboren werd gemaakt. Maar toch moet ik er altijd weer om lachen. Zelfs vanavond. Ook Matthis amuseert zich prima. Hij heeft zijn schoenen uitgetrokken en een van de tweeduizend kussens die op onze bank liggen in zijn armen genomen. Zijn voeten met de zelfgebreide sokken liggen op een krukje naast de mijne. Zo zitten we op de bank. Af en toe kijkt hij even mijn kant op. Dat merk ik heus wel. Maar ik kijk niet. Ik knabbel van de zoute stokjes en doe vreselijk mijn best om al mijn aandacht op Laurel en Hardy te richten. Eén keer heeft Matthis zo'n lachstuip, dat hij mijn kant op valt. Zijn haren ruiken naar sandelhoutwierook en chloorwater. Ik verroer me niet.

'Sorry!' Matthis gaat weer overeind zitten.

'Maakt niet uit,' zeg ik, en omdat ik sowieso al de hele tijd aan het lachen ben, lijkt het net of ik tegen hem lach.

Hij lacht ook. Zijn groene ogen zien er in het licht van onze woonkamer uit als twee poelen vol algen.

Melle

Ik ben nu al tweeënhalfuur thuis. Robbie heeft nog niet gebeld. Oké, we waren vanmiddag een uur eerder vrij. Dat kan hij niet weten.

Om mezelf af te leiden laat ik me door mama uitleggen hoe haar stepper werkt. Ze laat me ook nog een nieuwe fitnessvideo zien met een splinternieuwe methode om de buikspieren te trainen en cellulitis op de bovenbenen te bestrijden. Het interesseert me op het moment niet buitengewoon. Cellulitis heb ik niet. En mama voor zover ik weet ook niet. Maar ze is er wel vreselijk bang voor dat ze het krijgt. Ik kijk op de klok. Halfvier. De telefoon is nog steeds niet gegaan.

'Krijgen alle vrouwen eigenlijk cellulitis?' vraag ik.

Mama begint meteen te vertellen over voeding, lichaamsoefeningen en anticellulitiscrèmes.

Geweldig! Alweer een halfuur weten te overbruggen. Het stomme is alleen dat ik na haar preek weet dat ook ik er rekening mee moet houden dat ik ooit zoiets krijg. Dan kan ik er maar het beste ook meteen iets tegen ondernemen. Je kunt niet zeker genoeg zijn. Ik ga nog een keer op de stepper. Een kwartier. Maar die stomme telefoon blijft nog altijd stil.

Misschien verwacht hij wel dat ik hém een keer bel. Trut! Natuurlijk! Wat stom van me. Waarschijnlijk drentelt hij nu net zo zenuwachtig door het huis, wachtend tot de telefoon een keer overgaat.

'Met Müller!' Zijn moeder neemt op.

Ik ben er nog steeds niet helemaal aan gewend dat uitgerekend Robbie zo'n doodgewone achternaam heeft. Het duurt een eeuwigheid voor hij bij de telefoon is. Ik hoor allemaal geluiden in hun huis. Er blaft een hond, maar hij klinkt niet als meneer Lehmann.

Eindelijk pakt Robbie de telefoon over. 'Hallo, schoonheid!' zegt hij. Het klinkt net als uit zo'n kitscherige liefdesfilm.

Ik vraag hem wanneer we iets kunnen afspreken. Maar hij heeft geen tijd. Vandaag niet en morgen niet. Hij heeft twee moeilijke proefwerken. Begrijp ik dat? Natuurlijk begrijp ik dat. Of we overmorgen iets af zullen spreken? Nou ja, wanneer anders. Overmorgen, om vijf uur in het park.

'Dag, Melanie!' zegt hij vlak voordat hij de verbinding verbreekt. Hij zegt het zo dat ik me er helemaal duizelig door voel.

Overmorgen dus! Twee dagen zonder Robbie. Hoe hou ik dat vol? Wacht eens even. Overmorgen, dan was er toch iets? Hm, het schiet me nu even niet te binnen.

Twee dagen! Poeh! Ik kan in die tijd ook maar beter iets voor school doen, want wie weet wanneer ik daar weer aan toekom.

Georgie

Ik vermoedde het al en toch is het afschuwelijk. Melle is niet komen opdagen bij de introductiebijeenkomst. Tot op het laatste moment wilde ik het niet geloven. Zelfs toen het al een kwartier begonnen was en de deur nog een keer openging, kromp ik weer in elkaar. Ik draaide me met een ruk om en staarde naar de man die de deur had opengetrokken. Maar ik kon zo lang staren als ik wilde: hij bleef een man met bakkebaarden en een shirt met capuchon, en veranderde niet plotseling in Melle. Op de een of andere manier was ik bijna blij dat Matthis er tenminste wel was. Dat hielp om naar mevrouw Hasselmann te kunnen luisteren en ook enigszins te begrijpen wat ze allemaal vertelde over het opheffen van drukverschillen, duikmedisch onderzoek, decompressieziekte enzovoorts. Wel of geen Melle, ik ga dat duikbrevet halen. En ik word zeebioloog. Punt uit! Toch knaagt het vreselijk aan me dat ze er niet is.

Matthis lijkt het te merken. Hij doet de hele avond heel aardig tegen me. Wanneer ik nogal teleurgesteld ben dat je als beginner maar tot achttien meter diep blijkt te mogen duiken (de echt interessante zeedieren vind je pas een stuk dieper) troost hij me. Hij vertelt wat hij bij het snorkelen in Egypte allemaal al gezien heeft. Ik vertel hem over de echte diepzeevissen en over de reuzeninktvis, die tot nu toe nog maar één keer gefotografeerd is. Ik ben dus ook niet boos wanneer Walter ons ophaalt en vertelt dat ze met Klaus en Ulla bij de Griek hebben afgesproken. Alles beter dan de hele avond over Melle lopen piekeren.

Melle

O nee! Nu weet ik weer wat er vandaag was. Ik weet het omdat papa me net vroeg: 'En, hoe was de introductiemiddag?'

Ik krijg het om beurten koud en warm. Ik leg mijn boterham met sandwichspread, waar ik net nog een hap van wilde nemen, terug op mijn bord. Papa kijkt me verwachtingsvol aan.

'Dat is ook zo!' zegt mama. 'Vandaag was de introductiebijeenkomst van de duikcursus. Daar heb ik helemaal niet meer aan gedacht. Marisa heeft me zo'n tijd opgehouden.' Ze pakt de dieetmargarine. 'Vertel eens!'

Ik kijk van de een naar de ander en word rood. 'Ik heb er ook niet meer aan gedacht,' fluister ik.

'Wat zeg je?' zegt papa nog steeds vriendelijk. 'Praat eens wat harder, ik kan je nauwelijks verstaan.'

'Ze is het vergeten!' brult Sebastian.

Oké, dus nu weten ze het allemaal. Er volgt een eindeloze preek. Over hoe dat nou kan. Of ik wel weet hoeveel zo'n cursus kost. En dat ze toch van me op aan moeten kunnen. Dat ik geen klein kind meer ben. En waar ik eigenlijk zat met mijn gedachten.

Stom genoeg kan ik dat nou juist niet vertellen. Of moet ik soms zeggen dat ik alleen maar Robbie in mijn hoofd heb? Dat ik er de hele tijd over heb zitten denken hoe ik met hem wilde praten over alle dingen die ik echt interessant vind. Dat ik halfgek ben geworden toen hij pas om halfzes op de afgesproken plek was. Dat we helemaal niet hebben gepraat, zoals ik wilde, maar toch weer alleen hand in hand hebben rondgeslenterd, en elkaar een beetje hebben aangeraakt en ten slotte ook hebben gezoend. En dat het toch weer heel fijn was.

Natuurlijk kan ik dat niet vertellen. En dus zit ik daar maar, dom en beteuterd voor me uit te staren. Vooral papa windt zich er vreselijk over op. Maar wat moet ik dan doen? Ik laat het gewoon maar over me heen komen. Vooral omdat ik allang bedacht heb dat er iemand is die veel meer reden heeft om zich op te winden. Georgie!

En het dringt tot me door dat ik het nu echt grondig bij haar verpest heb. Tot nu toe hoopte ik steeds nog dat ze weer zou bijtrekken. Maar nu?

'Het spijt me!' zeg ik. Ik moet slikken. De laatste tijd heb ik echt wel genoeg gehuild.

Ik beloof papa en mama dat ik het verder zal regelen. Dat ik mevrouw Hasselmann zal bellen om mijn excuses aan te bieden, en om te vragen of ik ook zonder de introductiebijeenkomst nog aan de cursus kan beginnen.

'Georgie kan je vast wel vertellen hoe het geweest is,' zegt papa.

'Absoluut!' zeg ik.

Georgie

Ik heb het er niet met Melle over gehad waarom ze niet bij de introductiemiddag was. Ik heb helemaal niet met haar gepraat. Waarschijnlijk zullen we nooit meer met elkaar praten. Gelukkig begint dit weekend de meivakantie. Eerst is nog de wedstrijd en daarna ga ik met Walter en Luise naar de Elzas. We gaan er met de bus naartoe. Ik denk er maar liever niet over na dat we het er een paar weken geleden nog over gehad hebben om Melle misschien mee te nemen. Nee! Daarover wil ik echt niet nadenken. Om mezelf af te leiden, ga ik in de grote pauze bij Laura en Nicole staan. Laura is nog steeds helemaal vol van die Guzzi. Het is echt slaapverwekkend! En Nicole vertelt bloedserieus hoe scháttig ze

Robbie vindt. Ben ik in de verkeerde film terechtgekomen of zo? Ik sla niet meteen op de vlucht, maar bekijk ons drieën in de ruit van het pauzelokaal. Laura, Nicole en Georgie. Twee modellen en een trol. Om van te kotsen. Als ik nu ook nog zou wensen dat ik net zulke haren had als Laura, ben ik verloren. Ik ben Georgie en ik word zeebioloog. Met wat voor haren dan ook.

Melle

Eigenlijk wilde ik Georgie op zijn minst mijn excuses aanbieden, maar ik krijg er geen woord uit. Ze ziet er zo boos uit. Alsof ze nooit meer iets met me te maken wil hebben. Eén keer doe ik mijn mond al open, maar dan draait ze zo abrupt weg, dat ik hem weer dichtklap zonder iets te zeggen. Ik probeer aan Robbie te denken, maar dat helpt vandaag maar een heel klein beetje.

Georgie

Wat zei Micha ook weer? Twee dagen voor de wedstrijd mogen we niet meer trainen, zodat onze spieren zich kunnen herstellen. Ik geloof dat mijn spieren deze keer erg veel herstel kunnen gebruiken. Ik voel me zo kapot, alsof de wedstrijd al geweest is. En na de ontmoeting met Melle vanochtend wil ik eigenlijk alleen nog maar naar bed. Ik kan niet wachten tot ik thuis ben. Ik wil naar huis, rust aan mijn kop. Ik smeek de kosmos dat mijn ouders vandaag eens een keer geen gasten krijgen. Ik wil Wilfried, de pluchen walvis, mijn boek, mijn lekkere deken en… (Vreemd! Waar komt die gedachte opeens vandaan?) … een kop warme chocolademelk. Anders heb ik daar alleen in de winter zin in.

Met de dampende beker in mijn hand en het boek op mijn knieën gaat het al ietsje beter. Ik zou de hele middag zo kunnen blijven liggen. Maar na een tijdje krijg ik pijn in mijn rug. Vreemd, dat heb ik nooit eerder gehad. Ik rek en strek, maar de zeurende pijn blijft. De telefoon gaat. Wanneer niemand opneemt, pel ik mezelf uit mijn deken en loop naar de gang. Ik strek mijn hand uit naar de telefoon. Precies op dat moment houdt hij op met rinkelen. Ook goed.

Ik wil weer teruglopen naar mijn kamer, maar er is iets raars aan de hand. De rugpijn verspreidt zich naar mijn buik, niet heel erg, maar toch zo dat ik er last van heb. Ik ga naar de wc en zie wat er mis is. Waarom nu? Waarom vandaag? Waarom moet ik mijn eerste menstruatie uitgerekend op dit compleet idiote tijdstip krijgen?

Ik wil al naar de werkkamer rennen waar Luise huiswerk zit na te kijken, maar weet nog op tijd te stoppen. Luise is natuurlijk superenthousiast. Ze zal het willen vieren. Ze gaat Melle uitnodigen. Ze gaat, ze gaat… Nee, ze gaat niks, want ik ga haar namelijk helemaal niets vertellen. Ik stop een paar papieren zakdoekjes in mijn onderbroek, sluip naar mijn kamer, pak mijn portemonnee en loop daarna het huis uit.

De laag zakdoekjes voelt vreemd aan. Ik heb het gevoel dat ik waggel als een eend. Kwaak kwaak! Katrien Duck waggelt naar de dichtstbijzijnde drogist. Die is gigantisch en het gangpad waar het maandverband en zo staat, nog gigantischer. Als ik nu ergens spijt van heb, is het dat ik altijd mijn verstand heb uitgeschakeld bij dat irritante gezwets van Laura, Nicole en Sandra. En Luise? Die heeft ook al zo vaak geprobeerd om me de voor- en nadelen van al die zooi uit te leggen. Nu sta ik ervoor en heb geen enkel idee. Wat betekent dat allemaal? Maandverband heb je in 'normaal'. Oké, dat snap ik nog. Maar wat is in dit geval eigenlijk normaal? En wat betekent 'ultra normaal plus'? Normaler dan normaal? En plus wat? Wat is het verschil tussen 'ultra normaal met vleugels' en 'super plus met vleugels'? Of hier: 'ultradun maandverband met vleugels goud plus'. Hoezo goud? Zijn ze dan niet allemaal wit? Of...? Er zijn zelfs zwarte.

Waarschijnlijk kun je sowieso beter tampons nemen. Maar dat snap ik allemaal ook niet. Daarin heb je ook 'super plus'. En: 'pro comfort mini', 'pro comfort super', 'multipax', 'regular', 'satin' en 'natural'. Ik slik. Ik kan hier voor het rek toch niet in tranen uitbarsten? Ik heb toch al het idee dat iedereen naar me kijkt. Snel loop ik een stuk verder, gris een pakje tandverzorgingskauwgum uit een rek en ga in de rij bij de kassa staan.

Ik ben nog maar nauwelijks de winkel uit of de tranen rollen me over de wangen. Lekker! Echt goed gedaan. Met mijn mouwen veeg ik over mijn gezicht en ik raap mezelf bij elkaar.

Georgina Sander, nu gaan we dit eens strategisch aanpakken. Zo'n grote drogistsupermarkt is echt niet de enige plek waar je maandverband en dat soort spul kunt kopen. Ineens schiet me mevrouw Willmann te binnen. Mevrouw Willmann van de Hirsch-apotheek. Daar haalt Luise altijd haar homeopathische middeltjes en andere medicamenten die we nodig hebben. Bij mevrouw Willmann kwam ik al toen ik nog in de buggy zat. Van haar kreeg ik vaak van die lekker gummibeertjes van echt vruchtensap. Als ik haar zie, moet ik altijd aan vrouw Holle denken. Een vriendelijke, knuffelzachte vrouw Holle. Nou ja, dat van dat 'knuffelzacht' zou ze waarschijnlijk niet leuk vinden. Maar ik vind dat het goed bij haar past.

Ik heb geluk. De apotheek is leeg. Behalve vrouw Holle, eh… mevrouw Willmann is er niemand. Ik merk meteen dat het een geweldig idee was. Mevrouw Willmann vraagt niet eindeloos door waarom ik dit probleem niet samen met Luise aanpak. Ze kijkt me aan, glimlacht en zegt: 'Goed zo, jij regelt je eigen zaakjes.' En dan vertelt ze me wat ik moet weten. Met een pak maandverband dat ik gekocht heb en een doosje mini-tampons dat ik van haar gekregen heb, verlaat ik de winkel. Oef! Dat is gelukt.

Als ik weer langs de drogisterij kom, zie ik door de etalageruit Laura, Nicole en Sandra. Ze staan bij het rek met make-up en proberen nieuwe kleuren lippenstift uit. Ga je gang maar, als je daar lol in hebt.

Thuis kom ik in de gang meteen Luise tegen.

'Hallo, kikkervisje! Wat zie jij er bleek uit,' zegt ze. En: 'O ja! Micha belde net. Je moet hem terugbellen. Iets over de wedstrijd overmorgen.'

'Dank je wel. Doe ik meteen!' Ik weet het nog net tot in mijn kamer te redden voor ik eindelijk begin te huilen. De wedstrijd is overmorgen en ik ben ongesteld. Hoe moet dat nou? Die beker kunnen we wel op onze buik schrijven. Als ik nu moet zwemmen, ben ik waarschijnlijk nog langzamer dan een waterslak.

Ik draai mijn deur op slot. Dat doe ik anders nooit, maar ik wil nu echt niemand zien en met niemand pra-

ten. Waar komen al die tranen vandaan? Wilfried is klets-
nat. Misschien vindt hij dat juist wel prettig. De tranen
zijn zout, net als het water van de zee. Of van de Atlantische Oceaan.

Ach, Melle! Wat is dit nou toch voor pech? Waarom
ben je er niet! Dan zouden we dat stomme maan-
godinnenfeest gevierd hebben, of niet. Maakt niet uit.
In elk geval waren we samen geweest. Ik huil en huil,
maar voordat al het snot op mijn pluchen walvis te-
rechtkomt, snuit ik eerst mijn neus.

Het is al donker wanneer Luise op mijn deur klopt. Eén
keer, twee keer. 'Hé, kikkervisje!' roept ze en het klinkt
heel lief en zacht. 'Vind je niet dat je je nu lang genoeg
verstopt hebt?'

Wat moet ik doen? Ik sta op en maak de deur open.

Luise staat op de gang in de zachte gebreide trui die
ik zo leuk vind. 'Wat is er toch aan de hand?' vraagt ze.
Maar dat hoeft ze helemaal niet te vragen.

Zonder na te denken begin ik te vertellen. Luise pakt
me bij mijn schouders en we gaan samen in de woonkamer zitten. Ik vertel en vertel, vooral die hele stomme geschiedenis met Melle. Luise onderbreekt me
geen enkele keer. Als ik klaar ben, is het even stil.

Dan vraagt ze: 'Waarom ben je vanmiddag niet naar
mij toe gekomen?'

Ik snuif en moet me beheersen om te zorgen dat die
hele huiltoestand niet opnieuw begint. 'Ik wilde het niet
vieren!' zeg ik piepend.

'Hè?' vraagt Luise.

'Dat maanritueel!' zeg ik. 'Dat wilde ik niet.'

'O!' zegt Luise. En na een tijdje: 'Dat vind ik jammer.' Dan begint ze te vertellen. Gewoon zomaar. Zonder veel gedoe. En voor de eerste keer lukt het me om te luisteren zonder me stom te voelen. Ze vertelt hoe dat bij haar ging toen ze voor het eerst ongesteld werd. Dat het voor haar moeder te veel gevraagd was. Dat ze diep zuchtte. Alsof er iets heel ergs ging gebeuren, waar ze toch niets tegen kon doen. Ze drukte haar dochter een pak maandverband in de handen en zei dat Luise bij haar mocht komen als ze nog vragen had. Maar Luise merkte meteen dat haar moeder liever geen vragen wilde horen. Ze voelde zich vreselijk alleen en het duurde jaren voor ze een beetje ontspannen met dit onderwerp kon omgaan. 'Dat wilde ik jou besparen! Maar ik geloof dat ik precies het tegendeel heb bereikt. Klopt dat?'

Ik schud mijn hoofd. 'Eerst misschien wel een beetje,' geef ik toe. 'Maar nu niet meer.' Ik pak haar hand vast en woel met mijn andere hand door haar haren. 'Je bent echt wel oké hoor, kikkermama!'

Ze lacht en wrijft even in haar ogen. 'En hoe moet de rest van de avond eruitzien?' vraagt ze. 'Jij mag het zeggen!'

'Boterhammen uit het vuistje op de bank!' zeg ik. 'Een heleboel. Ik heb honger. En Laurel en Hardy en warme chocolademelk!'

'Komt in orde, kikkervisje!'

Later op de avond komt Walter thuis van het lera-renvolleybal. Hij steekt alleen even zijn hoofd om de hoek van de deur en beweert dat hij doodmoe is en alleen nog maar naar bed wil. Maar volgens mij wil hij ons gewoon niet storen.

Melle

Vandaag is de zwemwedstrijd. Ik ga er wel naar-toe. Dat heb ik vanochtend tijdens het ontbijt bedacht. Het is Georgies grote dag en daar wil ik bij zijn. Ook als ze niet meer met me wil praten. Ik ga er gewoon heen om te kijken en misschien kan ik haar na afloop feliciteren. Want dat ze deze keer minstens tweede wordt, is wel duidelijk. Ik vraag niet aan Robbie of hij mee wil. Het is misschien beter als ik alleen kom. Hij denkt dat ik niet ga omdat Georgie en ik ruzie gehad hebben. Zelf wil hij er ook niet heen. Dat zei hij gisteren. We waren naar de film geweest en gingen na afloop een ijsje eten. Daarna zijn we nog naar het park geweest om te zoenen. Op de een of andere manier had ik het gevoel dat hij er niet helemaal bij was met zijn gedachten. Toen ik vroeg of er iets was, begon hij me te kietelen en zei hij dat hij waarschijnlijk zijn wiskunde en Engels verprutst had. En dat hij dat nog moest opbiechten aan z'n ouwelui. Ongeveer die woorden gebruikte hij.

Tuurlijk! Dat zou mij ook aardig dwarszitten. Begrijpelijk, dat hij zich enigszins vreemd gedraagt. Maar het geeft niks. We hebben straks de hele meivakantie. Ik ga pas in de zomer met mijn ouders op vakantie. Er was een plan dat ik misschien met de familie Sander mee kon, maar daar ben ik niet meer achteraan gegaan. Gelukkig! Robbie blijft ook thuis. Misschien wordt het zo warm dat we in het meertje kunnen zwemmen. Ik verheug me er nu al op.

Ik ben aan de late kant. Georgie staat al op het startblok als ik het zwembad binnen loop. Ik kan niet veel anders doen dan achter de andere toeschouwers gaan staan en tussen hen door gluren. Georgie is gespannen als een veer. Ze doet mee met de tweehonderd meter wisselslag. Het begint met vlinderslag, dan een baan rugslag, dan schoolslag en de laatste baan is vrije slag. Het startschot klinkt en Georgie duikt het water in. Ze is goed, maar haar tegenstandsters zijn ook niet slecht. Na de eerste vijftig meter ligt ze maar een paar millimeter op de anderen voor.

'Georgie! Georgie!' Ik brul de longen uit mijn lijf. Het kan me niet schelen wat anderen van me denken. Aan de andere kant van het bad zie ik Walter en Luise staan. Ik ontdek ook Laura en Nicole en nog een paar anderen van onze vereniging, die niet aan de wedstrijden meedoen.

Georgie zwemt als een idioot. Ik geloof dat ze nog nooit zo goed is geweest. In de laatste baan, bij de vrije slag, kan ze haar voorsprong vergroten en als ze aftikt, heeft ze niet alleen gewonnen, maar ook nog het verenigingsrecord gebroken. Ze klimt het water uit en straalt. Het liefste zou ik haar nu meteen om de hals vallen. Ik word helemaal onrustig. Ik kan beter achterlangs gaan, door de kleedruimtes, want dan hoef ik me niet door de menigte heen te wringen.

Hier achter is niemand. Het is merkwaardig stil als je bedenkt hoe druk het in het binnenbad is. Met mijn schoenen in de hand loop ik langs de lange rij garderobekastjes. Vlak voordat ik bij de doucheruimte kom, hoor ik iemand giechelen. Het komt uit een van de kleedhokjes. Die giechel ken ik! Hoog, met zo'n belachelijk hikje. Onmiskenbaar: Nicole. Gek, wat doet die nou weer hier, terwijl er daarbuiten door het hele team feest gevierd wordt? Weer gegiechel en daarna een stem: 'Ik vind je haar leuk.'

Plotseling heb ik het gevoel dat al mijn bloed naar beneden zakt. Ik voel me beroerd en blijf stokstijf staan.

O nee! Als ze me hier ontdekken. Bliksemsnel verdwijn ik in een van de aangrenzende kleedhokjes. Poeh! Dat was op het nippertje. Ik zit nog maar nauwelijks op het bankje wanneer ik door de kier die nog overblijft als de deur dicht is, Nicole naar buiten zie komen. Nicole met haar mooie manen. Vandaag zijn haar haren steil en ze glanzen als koper in zonlicht. Twee handen hebben zich in de harenpracht begraven. Twee handen die niet bij Nicole horen. Absoluut niet. Die handen horen bij Robbie!

Ik blijf zitten tot de twee verdwenen zijn. Ik blijf zitten tot ook de laatste zwemmer zich heeft aangekleed en is vertrokken, naar huis of ergens anders om feest te gaan vieren. De deur heb ik op slot gedaan. Af en toe bonkt er iemand op, maar ik verroer me niet meer. Uiteindelijk, als de schoonmakers al bezig zijn, moet ik me nog haasten om buiten te komen, voor ik voor de hele nacht word ingesloten.

Op weg naar huis voel ik me alsof ik verdoofd ben. Ik denk aan Georgie. Nu heb ik haar toch nog niet gefeliciteerd. Morgen vroeg ga ik naar haar toe. Het maakt me niet uit wat ze denkt, maar ik bel gewoon aan en dan ga ik met haar praten. Ze móét naar me luisteren. Ik denk aan Georgie, aan Georgie, aan Georgie. Elke gedachte is nu voor Georgie, want als ik aan Robbie of aan Nicole denk, word ik gek. Echt waar!

Georgie

We hebben gewonnen! Ik heb gewonnen! Ik draag de gouden medaille over mijn shirt. Micha heeft de beker in zijn handen. We hebben ze echt een poepie laten ruiken! We gaan met zijn allen naar de Italiaan om het te vieren. Luise en Walter zijn er ook, net als Ulla en Klaus. Het maakt me niet eens uit dat Matthis me een arm gegeven heeft. Hij zegt allemaal idiote dingen, zoals: 'Je ziet er echt mooi uit als je zo straalt,' en: 'Je ogen zijn net zo blauw als het water in het zwembad. Echte zwemstersogen.'

Allemaal onzin. Maar dat maakt niet uit. Vandaag voelt alles goed. Ik kijk Matthis stralend aan met mijn 'zwemstersogen' en zeg tegen hem dat zijn ogen meermannengroen zijn. Hij lacht en legt een arm om mijn schouder. Hij doet maar. We hebben gewonnen. Een beetje had ik wel gehoopt dat Melle ook zou komen opdagen. Maar daar denk ik gewoon niet aan. Man!

Wat een geluk dat mevrouw Willmann me die tampons heeft meegegeven. Twee dagen geleden dacht ik nog dat het een ramp zou worden. Maar we hebben gewonnen! Gewonnen! Gewonnen! Gewonnen!

Melle

Drie keer heb ik nu al gebeld. Niemand doet open. De voordeur van het huis van de familie Sander is enorm groot en donker, bijna zwart. Hij ziet er haast vijandig uit. Dat is me vroeger nooit opgevallen. Ik bel nog een keer aan. Het is zondagochtend vroeg. Waar kunnen ze om deze tijd nou al heen zijn? Waar naartoe? O nee! Nu bedenk ik het me opeens. Meivakantie! Ik kijk om me heen. De bus is er niet. Ze zijn al op vakantie. Ik ga op het trapje zitten. Mijn hoofd ligt op mijn knieën. Vreemd dat ik niet moet huilen. Om die stomme groene haren moest ik wel huilen. En nu? Georgie is weg. Voor mij waarschijnlijk voor altijd. En Robbie loopt te zoenen met Nicole. Dat rotjong. Hem wil ik nooit meer zien. 'Ik vind je haar leuk!' Pfff! Wie weet tegen wie hij dat allemaal nog meer gezegd heeft. Stom dat het zondag is. Maar maandag loop ik zo lang rond door de stad tot ik een kapper gevonden heb die open is. En ook al kost het me mijn laatste zakgeld: ik laat mijn haar kort knippen. Korter nog dan dat van Georgie. Veel korter.

 Georgie

Vier dagen trekken we nu al door de Elzas. We hebben grappige oude stadjes bekeken, hebben gewandeld en hebben vooral lekker gegeten. Gerechten met heel rare namen: Elzasser zuurkool, baeckeoffe en flammkuchen met spek en uien.

Walter heeft weer een massa nieuwe recepten verzameld. Het is vreemd. Dit is lang niet de eerste keer dat we zonder Melle onderweg zijn, maar deze keer mis ik haar veel erger dan anders. Vroeger stuurde ik haar dan bijna van elke hoek een ansichtkaart. Maar nu... Ik kan er maar het beste aan denken hoe idioot ze zich de laatste tijd gedragen heeft.

In Colmar zijn we naar een museum geweest. Walter en Luise wilden beslist de schilderijen van Matthias Grünewald bekijken. Vooral het Isenheimer altaar. Dat stamt uit de middeleeuwen en zo ziet het er ook uit. Alhoewel de schilderingen, vooral die van de verzoeking van de heilige Antonius, me een beetje aan de film *The Lord of the Rings* deden denken. Ik had steeds het gevoel Gollum of de orks in elk duiveltje te herkennen. Maar het grappigste vond ik dat de mensen Matthias Grünewald vroeger meester Matthis noemden. Meester Matthis! Dat zal ik tegen Matthis zeggen wanneer we weer thuis zijn. En heel vreemd: één seconde lang had ik het gevoel dat ik daar niet op kon wachten.

Het is gezellig met zijn drieën. Alleen wanneer ik in mijn eentje op de achterbank zit, moet ik steeds weer aan Melle denken. Ik krijg haar gewoon niet uit mijn hoofd.

Vier dagen oude stadjes, dorpen en oude schilderijen uit de middeleeuwen! Nu mag er wel een keer iets anders komen. Luise en Walter hebben schijnbaar ook genoeg van het landleven.

We rijden naar Straatsburg. Straatsburg bevalt me wel. Zelfs als ik alle treden naar de kathedraal op moet klimmen. In Straatsburg gebeurt gewoon meer. We zetten de bus op een camping neer en besluiten om hier minstens twee dagen te blijven. Niet verkeerd! In Straatsburg vindt juist een groot muziek- en kunstenmakersfestival plaats. Natuurlijk gaan we daarheen. Bij zoiets zijn mijn ouders echt niet te stuiten.

Na het middageten gaan we op weg. En wat moet ik zeggen? Het is geweldig! Duizend keer interessanter dan alle festivals die ik tot nu toe gezien heb. Op elke hoek staat wel iemand die jongleert of goochelt. Straattheatergroepen met kleurige, avontuurlijke kostuums lopen overal rond en spelen korte scènes. Er zijn drie circustenten, één grote en twee kleinere. Ook zijn er een paar openluchtpodia waar muziek gespeeld wordt. En natuurlijk een heleboel kraampjes en eettentjes. O man! Het middageten is nog maar net voorbij, maar het ruikt allemaal zo lekker dat ik nu alweer trek krijg.

Ik loop op eigen houtje door de steegjes. Als ontmoetingspunt hebben we bij de ingang van de grote circustent afgesproken. Walter en Luise hebben kaartjes voor de voorstelling van vanavond. Hoe ze dat voor elkaar gekregen hebben, wilden ze me niet verklappen.

Ik kijk om me heen en snuif de geuren op. Een klein toetje kan ik best wel nemen. Misschien een ijsje? Nee, te saai. Eerst maar eens kijken wat er allemaal nog meer is. Opeens staat er een pantomimespeler met een wit geschminkt gezicht voor me. Hij doet de bewegingen van voorbijgangers na. Ik probeer om links langs hem te lopen, maar hij blijft steeds vlak voor me. We huppen van de ene kant naar de andere. De mensen lachen. Een, twee, drie! Ik neem een aanloop en duik onder zijn uitgestoken arm door. Gelukt! Ik draai me om en maak een lange neus. Als ik verder loop, moet ik grinniken. Ik grinnik nog steeds als ik de crêpewagen ontdek. Hij is bont beschilderd, volgeplakt met spiegelscherven en daar middenin staat Matthis.

Mijn hart slaat een slag over. Matthis! Ik ben zo opgetogen dat ik als aan de grond genageld blijf staan. Maar Matthis heeft mij ook al ontdekt. In drie grote sprongen komt hij zijn wagen uit. We staan vlak voor elkaar en staren elkaar aan. Omdat we niet eeuwig zo kunnen blijven staan, omhelzen we elkaar kort.

Het hele 'Waar kom jij nou vandaan?' en 'Dat kan toch haast niet!' en 'Wat een toeval!' kunnen we wel overslaan. Want als even later Walter en Luise opduiken, is het al snel duidelijk: ze wisten dat Klaus en Ulla met hun wagen naar Straatsburg gingen. Zij hebben ook de kaartjes voor het circus van vanavond geregeld.

Dus daar gaan we naartoe. Met zijn allen! Luise en Walter kijken me schuldbewust aan.

'Ben je boos?' fluistert Luise.

Maar ik ben niet boos. Vreemd! Nog niet zo lang geleden zou ik me er vreselijk over hebben opgewonden dat ze het nog geen twee weken zonder hun vrienden en bekenden kunnen uithouden. Alleen, waarom hebben ze het niet aan mij verteld? Die hebben natuurlijk een slecht geweten.

Ik lach! Bij uitzondering heb ik eens een keer niets tegen het overdreven sociale gedoe van mijn ouders.

De voorstelling is echt geweldig! Nog geweldiger is de atmosfeer in de enorme tent. Het ruikt naar zaagsel en oud pluche. Alles is rood of goud of blauw met sterretjes en glitters. Matthis zit naast me. Af en toe kijkt hij me van opzij aan. Het is weliswaar donker, maar toch heb ik het gevoel dat ik zijn groene ogen heel goed kan zien. Ik krijg het warm, alhoewel er in de tent niet gestookt wordt. Mijn hand ligt op de armleuning vlak naast die van hem. Zo dicht bij elkaar dat onze pinken elkaar soms een fractie van een seconde aanraken. Ligt het aan de circuslucht dat het net is alsof het pluche van de leuning elektrisch geladen is?

Melle

Op een gegeven moment lukte het me toch om te huilen en dat heb ik dan ook drie dagen lang gedaan. Uitgebreid! Maar nu ben ik alleen nog ongelooflijk woedend op Robbie. Dat rotjoch! Robbie, die denkt dat hij meisjes zo kan belazeren, alleen maar omdat hij mooie krullen en kuiltjes in zijn wangen heeft. Intussen ben ik Nicole tegengekomen. Het was op een ochtend in het zwembad. Ze hing aan de rand van het bad en zag eruit alsof ze gehuild had. Zonder dat ik ernaar hoefde te vragen, begon ze me te vertellen dat ze Robbie tegengekomen was. Arm in arm met Sandra.

'Waarom uitgerekend Sandra?' vroeg ik. Nicole kan ik nog begrijpen. Nicole ziet er gewoon ongelooflijk knap uit. En als ze een keer niet het oppertutje uithangt, kan ze heel aardig zijn. Maar Sandra?

Nicole snoof en zei: 'Waarschijnlijk zoent Sandra beter.' Daarna begon ze weer te huilen.

Wat moest ik daarop zeggen? In elk geval had ik geen zin om Nicole te troosten. Ik heb nog drie baantjes gezwommen en ben toen naar huis gegaan.

Zou het hem echt daar om te doen geweest zijn? Om het zoenen? Ik moest aan die keer in de bioscoop denken, toen Robbie met me wilde tongzoenen. Hm... En de wandelingen met meneer Lehmann schoten me ook weer te binnen. Daarbij begrepen we elkaar ook zo goed. Ik begin die jongen een beetje te snappen.

Vanmiddag was die sukkel zo brutaal om me thuis op te bellen. Of ik zin had om met hem naar de film te gaan, vroeg hij. Pfff! Gelukkig nam Sebastian op. Ik zou ongetwijfeld een hysterische krijsaanval gekregen hebben. Maar dat wil ik helemaal niet. Dat gemene rotjoch zal me echt niet horen gillen! De volgende keer dat ik hem tegenkom, doe ik heel koel. Niet alleen cool, nee, koel. Zo koel als de Sneeuwkoningin persoonlijk. Die sukkel hoeft echt niet te weten dat ik hem het liefste de ogen zou uitkrabben. Wat ik hem nog het meest kwalijk neem: dat ik Georgie kwijt ben. Door hem! Echt! Ik zou zo weer kunnen huilen. Maar dat doe ik niet. Gehuild heb ik de laatste tijd wel genoeg. Meer dan genoeg!

Georgie... Als ze thuiskomt, moet ik echt met haar praten. Ik hoop maar dat ze naar me wil luisteren. Dat is het belangrijkste. Ze moet naar me luisteren en vooral moet ze geloven dat het stomme gedoe voorbij is. En dat het me ontzettend spijt. Elke avond voor ik inslaap, wens ik dat zo hard ik kan; misschien helpt het.

Georgie

We zijn niet maar twee dagen in Straatsburg gebleven. We zijn er de rest van de vakantie gebleven. In geen enkele eerdere vakantie heeft de bus zoveel stilgestaan. Af en toe vroegen Luise en

Walter of ik het oké vond om nog langer te blijven. Oké? Ja, dat was oké. Hartstikke oké!

Nu staat de bus weer naast het huis. We hebben alles uitgepakt en Luise staat in een spijkerbroek met opgerolde pijpen te stofzuigen en de bus weer in te richten, zodat we van de zomer zo kunnen vertrekken.

Thuiskomen is altijd raar. Je eigen wereld lijkt opeens heel vreemd, zelfs als je maar twee weken bent weggeweest. Ik stop vieze handdoeken in de wasmachine en bedenk wat ik als eerste zal doen om weer echt thuis te komen. Onzin, daar hoef ik echt niet lang over na te denken. Ik ga Melle bellen en vragen of ze een bosbessensorbet met me wil delen. Nee, ik ga niet bellen, ik ga ernaartoe. Hopelijk is ze thuis.

Bij de Barofsky's doet niemand open. Dat zou ook te gemakkelijk geweest zijn. Ik wil alweer gaan, wanneer ik iemand de straat in zie komen. Een meisje met superkort blond haar. Het is Melle! Melle met kort haar. Ze ziet er totaal anders uit. Maar ook heel goed. Verbluft staar ik haar aan. Als ze me ziet staan, versnelt ze haar pas. Ik kom er niet eens aan toe om iets te zeggen, want ze begint meteen te ratelen. Ze vertelt en vertelt maar! Ik word er duizelig van. Als ze tussendoor een keer naar adem zou happen, zou ik ook eens iets kunnen zeggen. Maar ze praat ze maar door.

Melle

Nu heb ik alles gezegd. Meer weet ik niet. Ik heb haar aangeboden om onze eed te vernieuwen. 'We worden nooit verliefd!' Ik ben er helemaal klaar mee, dat weet ik zeker. Maar ze zit daar maar en zegt niets. Ze heeft haar tong verloren of ze is nog steeds te kwaad om op zo'n voorstel in te gaan. Ik bijt op mijn lippen. Zeg nou eens wat, anders word ik gek!

Na een eeuwigheid kijkt ze op. 'Dat gaat niet!' zegt ze.

Ik dacht het al. Georgie is altijd al een stijfkop geweest. Waarschijnlijk is ze zelfs nog kwaad op me als we allang onder de grond naar de radijsjes liggen te kijken. Ik laat mijn hoofd hangen en mijn schouders zakken.

'Dat gaat niet,' herhaalt ze en ze geeft me een stomp. 'Dat gaat niet, omdat ik verliefd geworden ben!'

'Wat?!' brul ik. 'Op wie?'

Ze grijnst me ondeugend aan en zegt niets.

'Nou, zeg op dan!' dring ik aan.

'Op Matthis,' vertelt ze. 'We hebben verkering!' En dan wordt ze rood. Mijn Georgie.

'Nee!' gil ik. Ik hap naar lucht.

Georgie grijnst alleen maar.

'Vertel!' roep ik. 'Hou op met dat stomme gegrijns en vertel hoe dat nou weer zo plotseling gebeurd is.'

Ze haalt alleen haar schouders op. O man! Dat is toch niet om uit te houden.

Ik trek haar aan haar arm. 'Nou, schiet eens op. Vertel!'

En dan begint ze eindelijk. Ze vertelt dat ze Matthis in Straatsburg is tegengekomen en dat ze opeens het gevoel had alsof ze al tijden verliefd op hem was. Ze had het eerder alleen nog niet gemerkt. Nou ja! Zoiets merk je toch?

'Waarom Matthis?' vraag ik en ze vertelt over zijn groene ogen, zijn mooie krullen (nou ja), hoe zijn stem klinkt als hij lacht, hoe goed je met hem kunt praten en… en… en…

'Je klinkt net als Laura,' zeg ik.

'Nee!' zegt Georgie piepend.

'Welles,' roep ik.

En dan schiet ik in de lach. Georgie lacht ook. Om precies te zijn rollen we over de grond van het lachen.

'En ons eiland?' vraag ik als ik weer een beetje op adem ben gekomen.

Georgie grinnikt. 'Als het moet, bouwen we er gewoon een stuk aan. Zodat we genoeg ruimte hebben voor een stel jongens.' Ze lacht naar me. 'Het zijn echt niet allemaal zulke sukkels als Robbie. Er duikt vast wel weer een leuke voor jou op, voordat het zover is.'

'Maar we nemen alleen jongens die de afwas doen.'

'Tuurlijk!' zegt Georgie. 'Afwassen, stofzuigen. Het hele programma!'

'En geen geflikflooi tijdens het werk,' vul ik aan.

Georgie kijkt me aan. 'Natuurlijk niet! Wie zoent er nou onder water?'

En dan gaan we een bosbessensorbet eten. Eentje. Met twee lepeltjes.